掌

唇

耳

眼

風

腕

風

風

髪

現代詩文庫 243

思潮社

新国誠一詩集・目次

散文

作品論・詩人論

編・金澤一志
装幀・菊地信義

詩篇

〈仙台時代　1952-1962〉

うれいをパイプにつめて

空部屋
リボンをつけためす・ふくろう
ねばつち　の　パイプ　　あんうつなペンキ
うれわしげに
じっと
にじみこみ
かすてら　に　さびしく　ナイフ

あや織のくるしみが黄カッ色にうっせきして
まっさおな昏睡　が　あえぎながらやってくる
いんうつ
れいてん　7秒
の

ほほえみ
もえて　もえて　つめたい偽音のベル　きえる

《こうして　つめて》

わなないて　あがき　えぐる　酔ってな
いんさん　な　カモメ　を　よぼう
鬼火が　さびいろに　うめく　とろり　と　くすぶって
あかい　つめたく　うれい　の　小骨
さらり　さらり
のぼってゆく

》喪車のブレーキ《

尾燈がよろめき　もみの葉
しょんぼり
はんどる　きる
びろうど　の　もるもっと
パイプ　くだけちる　花

ケシと少女の胸のなかに

紙風船
ぺるしや猫のつめたいあめいろの火

タケガキにかこまれた白の鳩小舎
赤貝
の
ケシ
くさいろに銀髪の凪
るりにちる瞳　波　ぷらちなの唇
波止場　きえ
ケシ　の　花
空は
海は
さわやかな　つた　からみほぐれ　鮎のあえぎ
くれないの　ひだ　かがむ　頬のほてり
エメラルド
朝霧
のぬくみ
にねむる　遊牧の　あふろでいて
びろんぽ　びろんぽ

ケシのなか　少女いて
少女
エクボ
ぎりしやのにおい
の
あかい掌のなか
きつちりした
はなびらにつゝまれ
青の燐寸

四月の空地

四月の空地に

地中海が波に月を植える
手術台は
機関車のように沈没していつた
赤い螺旋階段は
天にきえ
雪の中に
初恋の少女の顔がかたむいて
さふらんの咲いている唇に
ストロンボリのみえる
遠いタンポポの吊橋をわたり
肋骨のないマヌカン
がねむる
地下室の
海の空地

砂文字

女は銀座に月の入つた袋を下げ
あるいていた
湖の上は
薔薇の一ぱいつまつた
午前十一時で
カンチェンジュンガの毛髪
に腸骨の墓はくぐりぬけていつた
シグナルが鳩とかわり
梯子は電車をひとつひとつ
おろし
流氷の砂漠のなかに
小売店の棚が
ういていて
思考の沐浴する
浴槽が
のつている

〔8〕臨床学的画面構成
〔19〕空間断面

この作品は従来の伝統詩のように読まれるものではなく、どこから読んでも、またどう考えてもよいのであり、むしろ読むよりは、より自由な心で「視る」「眺める」ものと考えていただきたい。題名は整理番号だけとして、別に前掲のようにとりまとめることにした。この詩のメトードについては追々理論的裏付をもって詳解することにしたい。

〔8〕

　ゴビの砂塵にねむる東京駅の白夜
　三輪車にのるきやしやな大伴旅人
鉄柵　冬至　　水のないカスピ海の壺
　晴雨計の音譜　　砲丸　　火炎
　　壁　鋭角　　疾走する乳母車
雪のなかの鋸　　浮ぶ鱗のスカート
　　黄黒　　　伏せる裸女　　朝

穴　赤緑　腸結石の伝統は蝶
　雲が氷山に咲くひまわりである
　９５　　　爆発する鯨
　４０　サビシイピカソ
　　低気圧の透明な木馬　　林檎の会議
決勝点　　恋文をよむ基督
　　　新聞記者とモオツアルト
象　　機帆船の服飾学講座
　三越の飾窓はカール・マルクスの耳
　暗礁
時間の湾曲した予約金　　　傘

〔19〕

　　天
天　　　　天
　　火
矢

錐　　　　　　　　天　　　　　　秋
パスカル
海

〔7〕法隆寺
〔9〕天気図

〔7〕

石
石　　唇　船
石　　　　船　縄　縄

扉
扉　扉

〔9〕

　　　砂血　砂
　　砂　砂血砂砂
　　砂血血　砂血
　血砂砂血砂砂
砂血　砂血　血砂
　　砂血砂血
砂砂　血砂　砂
　　血砂血
　血砂血　砂血
血血血血砂　砂砂
　　血　血血
　　砂砂血　砂
　砂砂血　砂
砂砂　砂砂

砂　砂砂　　　酸素
　砂

〔30〕俯角

　　　光光
　　　　光光
　　　光　光　　　　火
　　　　　火光
鉄　鉄鉄　　　零　　火火火火
　鉄　鉄鉄鉄　　　火火　　火
　光鉄鉄　穴
鉄鉄　　　穴穴　　　穴
　光光　　　穴穴
　　光　穴穴穴穴穴
　　　穴　穴　　　穴
　　光　穴穴
　穴

乗り遅れた汽車のなんと美しいことか

I

空気の罅のはいった琉球壺のなかに
黄鉛のなまめかしい数字がかぎりもなく
閃めいていて魚はひとつの田園風景である
白夜が手套を赤茄子のポケットから
とり落したとき鋸は霧であった
少女の額はキンポウゲであったから
微風で機関車が倒れていった
負数の接吻　ケシの花弁が散る
聖誕祭　猟銃の膀胱は鳩笛
三点鐘狂ほしく引金ひけば
船舶は小さな泪である
けっして太陽の乳房は丸くないはずだ
季節の膝はそのときも外科医を
オダリスにしたのだから
オフェリヤの白髪が抒情の卵巣となったし

写楽は書籍の窓は緋色のエスカレーター
だと考える
牧師の恋人　彼女は娼婦なので
だからこそラスコーの洞窟は海の音楽で
いっぱいだ
ウェデング・ベルの秋のニンフの埋葬は終り
そのとき芭蕉がジャズの花道を帰るのだ

Ⅱ

睡眠の艀は黄金の風車で
ドローネの絵をなつかしんだ
水蓮はツンドラの夏の神話
鼻の無い城砦がアネモネの
疲労がパスカルの哲学だと　いう
それは夢であり　女であった
幼児はゴッホの刷毛を海の季節だといった
きらびやかな掌の雲
とゞろく瞳の杖
抱擁は方向のない白い矢である

Ⅲ

骸骨に挿した歓喜の櫛を
サボテンの吊橋は　その砂丘に
青氷の破船を胎む
蟻の顔をした詩人が若い靴音を
たてながら墓標に唇を彫っている
ケビンからのぞく遠景は
カステール風の屋根の底に
優しい憤怒が猫の尾とたわむれて
時計の雫は忽ち乳白の永遠となり
帆をかゝげて走りさる時の衣裳となる
彼はその裳裾をまさぐって一箇の
孤独の鍵をひろい巨大な金魚に
食わせるのだ

Ⅳ

そのとき女の眼は犬のように澄んだ
醜いものはこの自然にはない

あらゆるものは美しいと
だから自然はモナ・リザの臍をもっている
洋銀蠟の肝臓には
ブリキの月が落ちていて
妊婦が沙漠を歩いてゆくのだ
女の後にはまた胎んだ女が続くのだ
受胎のよろこびをシジフォスの丘の
せり出した空間を女神は
妖しくひそかに愛するのだ
そんなとき女の眼は犬のように澄んだ
犬は *one! one!* と語りはするが
two! とはいえない
ベトオフェンも排便しなければならなかった
犬はだから偉大なる孤独な存在
画家キリストが画いた愛の
解剖学的な見解について
チャタレイ令夫人とテンノオが
将棋をやりながら話合っている
商業放送がはじまるといって

洋装店で鮮の首を買った
キリストは狭いラジオのなかに
脂ぎった肢体をかゞめて
消えていった　ひきちぎれた
幸福の葉が天空に沈んでいった

V

カンシャクを起すと
大工がアリストテレスの話をするのだ
いらくさのなかでそのとき
マダムは入浴中だった

映像のための小品

穴のあいた空
機関車の形をした少女
凮の階段
機械つたらニヤニヤしてるの

海がとまつている
月の骨
プレスのよくきいた雲
夢中でトイレをさがしました
むつちりした林檎
金魚の爪
くぼんだ夏
雪の眉
雪の眉
夏
金魚の爪
林檎
夢中でトイレをさがしました
雲
月の骨
海
機械つたらニヤニヤしてるの
颪
機関車の形をした少女

空
穴だらけの空
車の形をした娘
颱風の梯子
機械つたらニッコニッコしてるの
海がたちどまる
満月の皮膚
プレスのききすぎた雲
ゆつくりトイレにゆきました
割れた林檎
金魚の牙
落ちていつた夏
雪のまつげ
雪のまつげ
落ちていつた夏
金魚の牙
割れた林檎
ゆつくりトイレにゆきました
プレスのききすぎた雲

満月の皮膚
海がたちどまる
機械つたらニッコニッコしてるの
颱風の梯子
車の形をした娘
穴だらけの空

映像のための小品B

梢にねむる
ピストルはかわいいけもの
まあるい朝
東京は糞塊です
雨
きいろい生誕日
プラスチックの海
びたみんの泪1cc
流れる頬

あまい爪
鯡
胸がふくらんでくるようでした
胸がおちこんでくるようでした
鯡の唇
ぬれた爪
流れる鼻
ぺりかんの泪1cc
プラスチックの春
きいろい墓碑名
氷雨
東京はヘソです
まんまるい朝
ピストルはひとりぽつちのけもの
梢に眼をさます
かたむく梢
しずむピストル
ひらく朝
はねる東京

とまる氷雨
まわる墓碑名
ころぶ春
とじる泪
およぐ鼻
はしる爪
すすむ唇
すべる胸
胸がふくらんでくるようでした
鯡
あまい爪
流れる頬
びたみんの泪1cc
プラスチックの海
きいろい生誕日
雨
東京は糞塊です
まあるい朝
ピストルはかわいいけもの

梢にねむる

映像のための小品C

たのしいことがいつぱいありますのに
雲をのせた皿がうごく
たたみこまれた夜
マダムは猫と入浴中です
子供つぽい杉
砂と血の天気図
ぶあいそうな広告の首
もういちどクジヤクにさわりたいのよ
唇のある耳
虹の椅子
父のひずめ
3つの環
子供つぽい杉たおれ
ぶあいそうな広告の首とび

唇のある耳われ
父のひずめくさる
たたみこまれた夜ひらいて
たのしいことといつぱいありますのに
雲をのせた皿溶け
マダム猫と情死
砂と血の天気図一本のスミレとなつて
クジヤクは夏の肩です
虹の椅子眠りほけ
すべりこむ６つの環
唇のある耳
雲をのせた皿がうごく
ぶあいそうな広告の首
子供つぽい杉
父のひずめ
たたみこまれた夜
砂と血の天気図
虹の椅子
もういちどクジヤクにさわりたいのよ

３つの環
マダムは猫と入浴中です
たのしいことがいつぱいありますのに
すてきなことがいつぱいありますのに
雲をだきしめた皿
すりきれた夜
マダムは馬と商談中です
子供つぽい太陽
石と肉の海図
陽気な広告のしつぽ
だつてクジヤクにさわつちやつたもん
唇のある耳の挨拶
流星の卓子
父のたてがみ
３つの穴

映像のための小品D――HIGH・KEY

砂漠に月を埋めてきたの
だつて冬がサンゴの椅子なんですもの
瞳のなかには風の階段があつただけ
質屋のお留守番はシヤガールさん
トンカツをむしように想い出させる雨なの
いけませんわシーツがもう一枚あるはずよ
ロメオが花火をひどくなつかしがつてネえ
自動車は昆虫の一種だつていうんです
あなたは垂直にのびる白い樹木なんですつて
だけど芭蕉とモンタンは抱き合つたままなの
空港には精神病医が99人もまつてたワ
ヘリコプターの産卵の季節よ
氷山とハープが全くお気に召したらしいの
カチカチ山でジユリエトが電話してたつけ
プラトンが電子計算機の修理工志願したのよ
地中海の燻製なんです
葡萄月だわ

ハムレツトのピアノきいた？陽気な〈神曲〉？
失恋のハイ・ヒールにも流行があるのネ
政治囚がしめつけてはなさないの
唇に青い薔薇を植えてほしいつていうんです
カルメンがタイピストになつて札幌に行つたの
ダリヤの花のようによく笑う壁よ
とてつもないまつかなパラシユートに首が…
ユダがイエスの大腸の重さを計つてたの
バカバカしいのよだつて死にきれませんワ
ハンドルをまわすと愛の剝製ができたわ
そのとき季節がいきなりくぼんじやつてね
火葬場にテレビを設けたので評判がいいの
セザンヌのおじさんお好焼おごつてくれた
ワイセツなゼンマイがとけるとさびしいわ
だつて虹は蒼いエンジンですもの
みんないい人なんだぜんぜんよ
人間の声つてとても生ぐさいのネ
猫が人間の顔をしてなぜおかしいのかしら
ショパンの秘密は右手にあつたことはたしかよ

すてきな悪魔の爪がほしいナ
ねえグリーン・ランドにつれてつてよオ
人生つてオシツコみたいなもんですつて
ほんとよなんにもないのおあいにくさま
でも五月はまだ帰りませんの
雪は眉だけのこしてすつかり晴れてました
ワイン・グラスにオフエリアが眠つていたの
いいじやないのねえそうしなさいな
こんなものが詩だつて笑わせるワ
彼は金魚の首輪に永遠をかんずるんですつてさ
そんなに考えたつて何もでてきやしないのよ
あんラ月が耳たぶうごかしてるわ

流流流流

鉄鉄鉄鉄鉄　穴

手
波波波波波波波
　　　墓　墓
　　　墓　墓
　　　錠　墓

Diveltimento・Y　詩・構成　新国誠一

屍屍屍屍

生生生生生生生生生生生生生生生生生生死生

流流流炎炎　　　止

髪髪髪髪花花髪髪　　　空
空
空

女女女男女女女
男男男女男男男
女女女男女女女

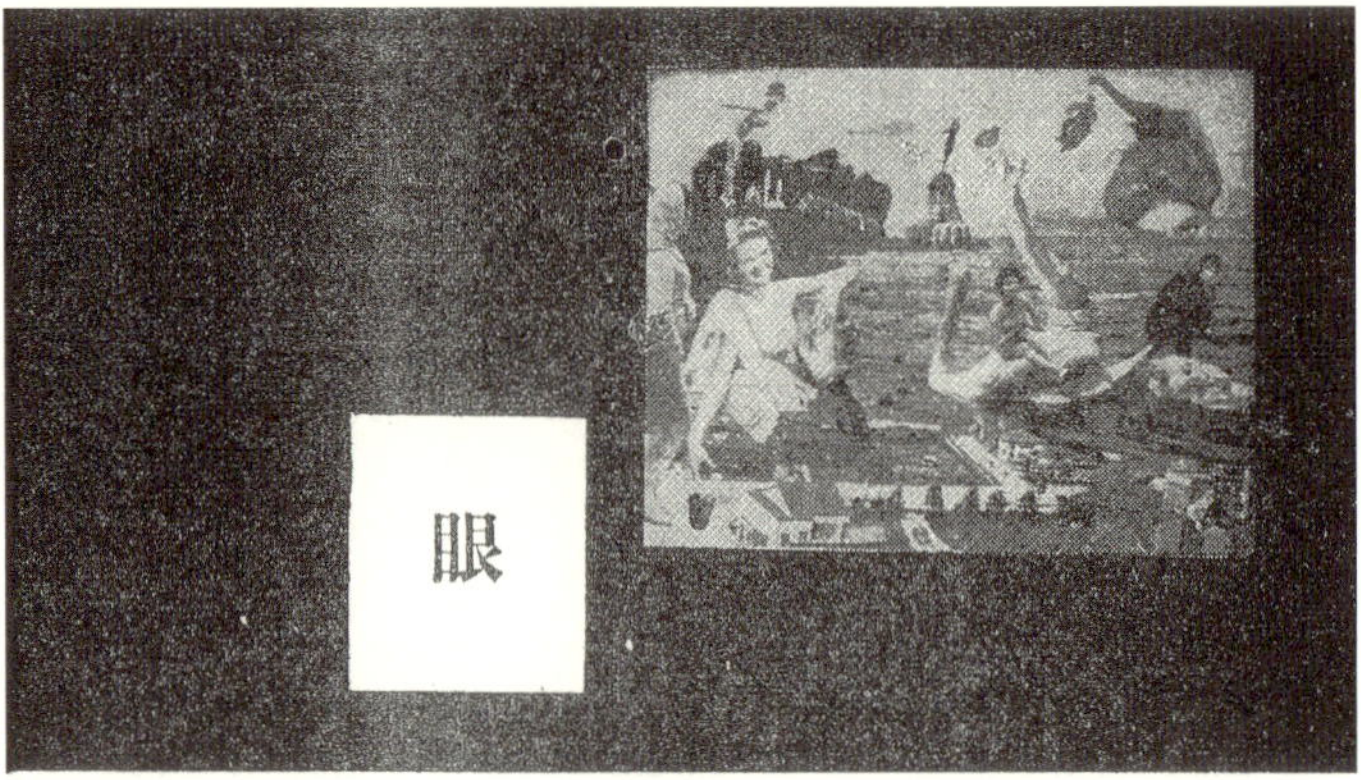

夜
唇　　　　　　　　石
唇
唇
唇
唇
唇
唇
唇
唇
　愛愛愛愛憎愛愛愛愛愛愛
夜　　　　　酒
夜　　　　　酒
夜　　　　　酒
　　　　　　酒
　　　　　　酒
　　　　　　酒
　　　　　　酒腰

作品ア

ア
ほそいア
ほそながくなるア
ほそながくなつたア
ほそながくなつてしまつたア
ア
アはほそながくなつてしまつた
アはほそながくなつた
アはほそながくなる
アはほそい
ア
えぐられるア
なでられるア
しめられるア
かじられるア
ア
アはえぐられ

アはなでられ
アはしめられ
アはかじられ
ほそいア
アはえぐられ
アはほそながくなつてしまつた
えぐられるア
ほそながくなるア
アはなでられ
アはほそながくなつた
なでられるア
アにむすびつくア
にむすびつくア
にむすびつくア
にむすびつかないア
にむすびつかないア
もえるア
もえるア
もえるア

もえるア
アのあかるさ
アのあやしさ
アのあかるさ
アのいやしさ
ほそいほそいほそいア
ほそながくなるほそながくなるア
えぐられえぐられえぐられるア
しめられしめられしめられるア
アはほそながくなつてしまつた
アはかじられ
アはもえる
ア

作品ぬ

ツキアテルぬ
ツキアタルぬ

ツキアワセルぬ
ツキアゲルぬ
うツメタイ
うワレル
うクロイ
うシズム
カカルぬ
イレルぬ
オトスぬ
カワスぬ
ツキカカルぬ
ツキイレルぬ
ツキオトスぬ
ツキカワスぬ
うシズムシズム
ツキクズスぬ
ツキサスぬ
ツキササルぬ
ツキタテルぬ

うワレルワレルワレル
ツメタイうツメタイ
クロイうクロイ
シズムうシズム
ワレルうワレル
ツメタイツメタイツメタイう
ぬツキツメルぬ
ぬツキトメルぬ
ぬツキトバスぬ
ぬツキヌクぬ
ヌクぬ
トバスぬ
トメルぬ
ツメルぬ
クロイクロイクロイクロイう
シズムうクズスぬクズス
クロイうオトスぬオトス
ワレルうトバスぬトバス
ツメタイうマワスぬマワス

ぬトオス
ぬマワス
ツキオトスぬ
ツキマワスぬ
ぬアゲル
ぬアワセル
ぬアタル
ぬアテル
ぬぬ
う

作品フ

はぐはぐはぐちぢむちぢむちぢむ
はぐはぐはぐちぢむちぢむちぢむ

あお　ちぢむ　はぐ　フ
あか　ちぢむ　はぐ　フ

しろ　ちぢむ　はぐ　フ
くろ　ちぢむ　はぐ　フ

まるくフまるくフまるくフちぢむちぢむまるくフ
まるくフまるくフまるくフはがすはがすまるくフ

ながいながかったながながとながーいフ

フくろくくろくくろくくろくくろくくろく
フあかくあかくあかくあかくあかくあかく
フしろくしろくしろくしろくしろくしろく
フあおくあおくあおくあおくあおくあおく

フ
フ
フ

フンフンフーンフフンフンフンフーンフン
フーンフフンフアンフアンフアンフアーン

あお　はがす　はぐ　あか　ちぢむ
しろ　フフフ　くろ　フフフ　フン

作品パ

パ
わる　ひろげる　くだく　まきこむ
なげこむかきまわすとける

よるひる　よる　ひる　よるひる　よる
ひるよる　ひる　よる　よるよる　よる

おちる　つきさきるかがむ　もぐりこむ
うめこまれるパ

よるのないよるのない
ひるのないひるのない

パおちたくだけたもぐりこんだまきこまれた
パかきまわされつきさされひろげられ

とけてしまうよる
うめこまれて　しまうひる
ひるよるひるよるひるひるよるよるひる
ひるひるよるよるひるよるひるひる

とぶかとぶなとぶなとぶかとべとべとぶな

パ

わったひろげたくだいたまきこんだ
とぶなもぐりこめとべ　かがめかがめもぐれ

とけた
うめこまれた

のだパ
のだパ

花の位置のために

月

傘

槌

顔

火

火

火

川

星

音

赤

馬　父　鳥　8　橋

本　海

車

緑　犬

山　光

匂

船

箱

土

木　刀

笑

母　眼

花

猫　旗　歌

黒

兎　空

月　5　貝

子供の城

法隆寺

石
船
唇
石
船
縄
石
扉
扉
秋

湖を

林

針

女

冬

爪

涙

涙

涙

尻　掌

脚

腕　眼

S

火

唇

毛

火　足

耳

火

髪　風

風

風

女

雲と空の調和について

流流流流流流
流
止流流
浮流流流
止流
流止
流
流
止止
止
止
止

空間断面

天

天

八

天

錐

天

マリリン・モンロー

海

車

霧

蝶

鋏

炎 波

波 波 波 波 波 波 墓 波 波 波

波

蒲蒲蒲蒲
蒲　　　　蒲
蒲
蒲　　　死
女女蒲　　　　　　舌
　女蒲蒲無無
　女女　無無
女女　　男男
女女　　男　男
　　　男
　　男　男
　男男男
男　男
男男

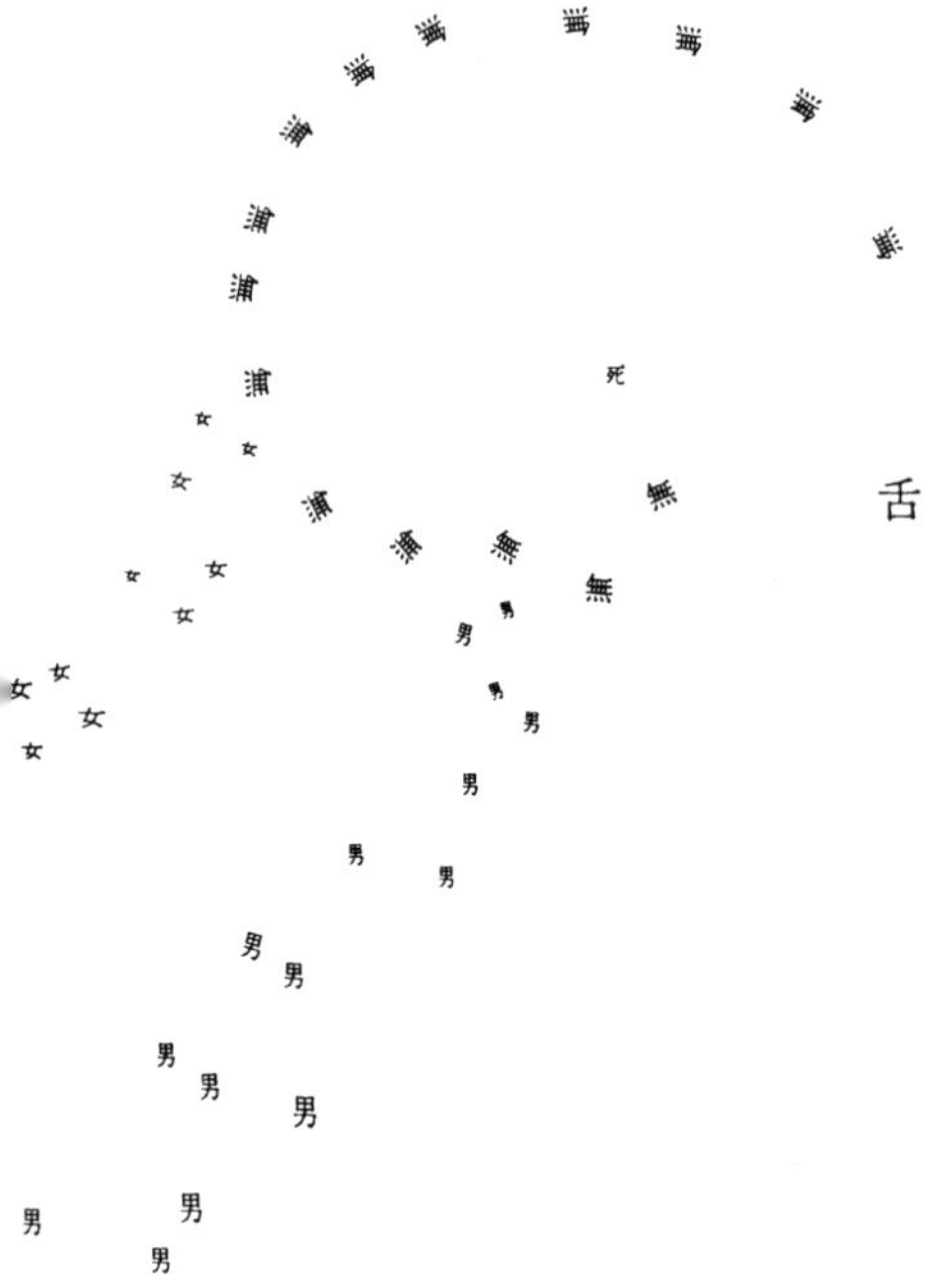

秒
針

作品ポ

たかいたかーい　たかーいたかい　たかいたかーい　た
　かいたかい　ポ
カタイカタイ　カタイカタイ　カターイカターイ　カタ
　イカターイ　ポ
たかいカタイ　カタイたかい　カタイたかい　たかいた
　かい　カタイポ
ポ　カラッポ　カラッポ　カラッポカラッポカラカラ
　カラ　カラッポ
たかく　たかーくたかーく　たかくたかく　たかーくた
　かく　たかくポ
もとめるポポわかれるポポやぶれるポポみつめるポポし
　ずむポポポ　ポ
カタク　カタク　カタク　カタークカターク
　カタクカタクポ
たかくカタクカタク　たかくカタクたかく　たかくたか
　く　カタク　ポ
ああああ　あがるあがる　くくくく　くーらくらく　あ
　がーるくらくポ

作品ミ

つめたい　つめたーい　つめたいミ
にぎる　にぎり　にぎりしめ　にぎりつぶすミ
ミ　ふるえふるえながら　ふるえながらふるえ
つめたいつめたく　にぎりにぎりつぶし　ふるえ
ふるえながらミ
ミ　ちちたべる
ミ　ははたべる
よこむく　うしろむく　うしろむくミ
ミうえみつめ　したみつめしたみつめ
ミよこむき　したみつめてうえみつめて　うしろ
むきよこむき
てんのふたはずし　ミ
てんのふたはずし　ミ

ふるえながらミ　にぎりしめながらミ　よこむき
うえみつめミ　つめたくつめたいミ
よこたわるよこたわり　つめたくつめたい　ミの
なかのミのなかのミのなかに
ほぐれるくずれるちらばるとける
にぎりしめにぎりしめたミ　ふるえながらふるえる
ミ

うしろむき　うしろむく　うしろむいてミ

てんのふたはずし　ミ　ちちたべる
てんのふたはずし　ミ　ははたべる

うえみつめうえみつめ　よこたわるよこたわり
つめたくつめたーいミ
ミが　ミが　ミが
ミの　ミの　ミの
したとよことうしろとうえとミの
つめたくにぎるふるえるミが

たべる　たべる　たべている　たべているミ
ミ　よこたわりよこたわる　つめたくつめたい　ミ
の　なかの　ミの　なかに
ふるえふるえ　にぎりしめ　にぎりしめミ　ふるえ
るミ　にぎりしめるミ
ちらばるミつめたいミちらばってしまうミつめたく
なってしまうミ

しまうミ　しまうミ　しまうミ
だったミ　だったミ　だったミ

作品ワ

みおろす　ワ
ひだりからみあげる　ワ
はなれてゆく　ワ
まるくなる　ワ
まるくまるくまるくなる　ワ

ワ　まるくなってしまう
ワ　まるくまるくまるくなる

ひだりからひだりから
みおろすみおろす　みあげる　ワ
ワはなれる　はなれてはなれてゆく
ワ　はなれてしまった
ワみあげる　ワ　みおろす　みおろすワ
ひだりからみあげるワ

ワながめる　ワ　なぐさめる　ワ　わらう　ワ　ねむる
ワねむるワねむりワねむる　ねむる
ワねむって　しまった　ねむっている　ワ
わらう　ワ
わらう　ワ
わらう　ワ

ながめるながめているながめつづけるワ
なぐさめなぐさめられなぐさめられるワ

なぐさめるワ
ながめるワながめられるワながめられて
しまったワながめつづけられるワ
ワ　わらわれる
ワ　わらわれる
ワ　わらわれる
ワ　わらわれる

みおろされるワ　ひだりからみあげられるワ
ちかづいてくるワ　うずまきはじめるワ
まるく　まるく　まるく　まるくなるワ
ワ　ねむる　ワ　ながめる　ワ　なぐさめる　ワ　は
　なれる
はなれるはなれて　はなれてゆくワ
ワ　はなれてしまった　ワ　はなれ　はなれる
ワ

作品メ

まるくもえて　まるくもえて　メ　もえてもえて　まる
　くメ　まるくメ
メ
メメメメメメメメ　メ
メ　めんこい　メメ　めんこーい
あんぐりひらいてあかんべえーメ
メっつ　メっつ　メっつ　メっつ　でっかい　あ・く・
　び・あくびっ
つんつっつる　めっつ
もえてもえてもえて　もえてろ　まるくまるくまるめろ
　もえーてメ
まるーくメ　も・え・て・ろ・メ・ま・る・め・ろ・メ
まるめろ
もえてろ
まるくちっちゃく　まるくちっちゃく　まるく

まるく　まるめてまるめて　まるめ
メメメメ　ちちっちゃっちゃっく　メっ　まんまるま
　るめて　まるめ
め・て・ま・ん・まる　ふっくらふうわら　まんまるま
　るまる　ま・る
ちっちゃく　まるく　ちっちゃく　まるく　まるくまる
　く　まんまーる
まんまる　ふうわら　わ
メ　ちっちゃく　ちっちゃく　ちっちゃく　ちゃく　メ
　まるまるめて
まるめたーメ
もえーるメ　も・え・る　もえてもえて　もえあがり
　もえ　あが・る
メ　もえてろ　もえてろ　もえろ　く・ろ・く・くーろ
　くろく　くろく
メもえてろ　メメもえあがる
メもえてろ　もえてろもえてろ——めめめめ

まっくろくろ　も・え・る　くろくもえる
くろくくろくもえる　もえてろもえろメ
メメメメメ　メ　もえてもえて　くろくくろく
くろっく　くろっく　くーろくもーえろ
もえ・ろ・くろ・く　メ
メくろく　メくろく　まっくろく　くろく　メ
もえてまるく　まるめてくるめて　くろく　くろっく
　ちっちゃく
くろくメメ

メメちっちゃくもえて　メ　もえてろメ　まるくまんま
　るまるくメ
くろくまっくろ　メ　くろくちっちゃく　もえてまるく
　まるく
ま・る・く・ま・る・く・ま・る・く………メ
――――――――メ
くろっく・まるっく・ちっちゃく・まるっく・まるっ
　く・くろっく
くろーく・まあるく　ま・る・め・る

メ・メもえて　メ　まーるく　メメメ　メ
…………つ・ぶ・れ・て・メ・メ

オ・ン・ナ

おんなア　おんなア　おんなア
おんなニ　おんなニ　おんなニ
おんなヨ　おんなヨ　おんなヨ
おんなサ　おんなサ　おんなサ
おおんなア　おん
おん　おんななニ
おんな　おんなヨ
お　おんなサ　おん
お・ん・な・　お・ん・な　お・ん・な
おーんなーア
おーんなーニ
おんなーなヨ
お・ん・な・サ

おんなおんなおんなおんなおんなカ
チおんなビおんなデおんなブおんな・
ヤおんなセおんなウおんなスおんな

みにくいことはつみなのか

アアおんな　おおんな　おんなヨおんな
サ　おおんな　おんなアーおーんなーヨ
おんなおんな　おんなおんな　おんなカ
おんな
おんな・ヨ・おんな・ニ・おんな・ア
おんな・サ
おんな・カ
オンナあ　オンナあ　オンナあ　オンナあ

オ　ナおんな　オ　ナおんなカカカカ
ア　ア　ア　おんな
ヨ　ヨ　ヨ　おんな
ニ　ニ　ニ　おんな

おんな　オンナ　おんな　オンナササササ
おんななな　おんおん
な　おんなおんおんおん
な
オンナあオンナあオンナあオンナあ

作品タ

タ　とびつく　とびつーく　とびーつく
タ　つかむつーかむ　つかーむ
タ　みつめる　みーつめる　みつーめる　みつ　めーる
タ　ぽんぽんぽん　タんタ
ふかーい　ふかいさタ
くらーい　くらいさタ
みみわれたみみさけたみみおくれ
タ

ころびころぶころび　たつ　タ

うかぶうかびうかぶ　しずむ　タ
タ　しめるしめつけしめあげしめあげる
タ　だまるだましだまりこみだまりこむ
タタタターター　タタータタタータ
ん　タん　タん　タータ　きんタ　きんタき　タタき
ばっかやろーばばっかやーろ　ばーかやろー
なみだながすなタ
かねだせタ
かついでいこタまきつきなタぶらさがれよタ
あまえなさんなタはなれてなタひっつくなタ

タろタろタろろタタろろ　タ

タ

ふーく　ふく　ふーふく　ふ
すーう　すう　すーすう　す
はーく　はく　はーはく　は
ふく　すうはくすうはくふくふくすうはく
はく　はくはくすうふくはくすうはくふく
ふく　すうすうはくはくはくすうふくはく
タ　きれっちまう　ききれっちまうタ
タ　もえっちまう　ももえっちまうタ
タ　ひえっちまう　ひひえっちまうタ

そんなめつきはよせタ
うしろむくんだタ
タあ　タ
あさーい　あさいな　タ
あかーるい　あかるいな　タ
みみわれたみみおくれみみさけた

タ　うめる　うめてうめて　うめつづけ
ざわめき　ざわめいて　タ
けっとばしけっとばすタ
タふっとばすふっとばしふっとんだ
タ　タタ　タタタ　タ　タ

ふってくるもの　タ

もえあがるもの　タ
ふりつづきふりつづけるものタ
もえあがりもえつづけるものタ
もえつきるまで　もえつきるまで　もえつきるタ
ふりつづき　ふりつづき　ふりこめるタ

タ　おもいな
タ
あかいタ　あかいタ　あかいタ　くろい
くろいタ　くろいタ　くろいタ　あかい

みみおくれみみさけたみみわれた
ふかーいそこーに
とびつきかみつきみつめる　ダ
ダ　しめーる　しーめる　しめるー
ダ　つつーむ　つーつむ　つつむー
はしる　ダ
はねる　ダ
ころぶ　ダ
はずむ　ダ
ダ　タタ
ダあ

作品キ

よったるんキけれみったん
とれれあんぷさきりったい
そそれっぴだあだだみんキ
うキみっとたちはるとぽん
いっとんあっとんくっとん
るげえしあみどるるとるぱ
みキそキだキキんキっキる
とぴあののんのさされっぽ
だるだるりんいちにみんが
ばかどかにかぼかででっキ
キったんねったんぬったん
つむむるうへったあなあな

よおとっぽそがんくるりん
はっははキはもげろちっち
とキよおぬえさおさいいめ
あるKそうKゆうKKおK
どっちににとあっちちにと
もんさあキえるぐったあな
QんQんQんキすかぽらぴ
あっはあれいっはあれっキ
ぐうぐみキいとれんぐるる
うみこみくみとみっキんの
つつんとらいそしよっぱあ
ふるたっとわいののキキん
くったるんキそれみったん
だだれっぴだあそそみんキ
ぶっとんがっとんぼっとん
みキそキだキキんキっキる
どおとっぽぴがんくるまん
だるだるりんはちにみんが
キきキギきギギキギぎギキ

へむむるうとったあなあ
らんさあキみるぐったあも
れみそみキみとるれのんキ
はキよすぬえりおさいいだ
ぱっぱぱキぱキけろぢっぢ
MんMんMんキずがほらひ
なうぐみキいすれんだるる
もつんもらいそがよっぱぱ
GかんGみんGががちゃん
いるれっとあいののキキす
まけえじあみとるるとるぽ
キっぴんぬっぴんだっぴん
あっぱあキいっぱあれっき
キキれあんキさキりっキい
とびいののんキキれっぽん
だかびかキがぽキででっキ
らキみっとくるぱるキぽん

作品9

901
008　26　3
0　00　00

はちはちなななさんきゅう　ゼロ
いちろくよんごさんななはち　ゼロ
にににはちきゅういちいち　ゼロ
はちはちはちなななななな
ろくよんよんごさんぱちご
9
ゼロ　いちいちいちしちしちしちご　きゅう
ぱ　ななしちろくさんさんよんぱご　きゅう
に　ななごろくよんよんよんろくご　きゅう
きゅう　きゅういちいちいちはちはちはちご　きゅう

ひとつみつ　ななつやつ　ふたふたみ
ななやここ　ななやここ　いつむむや

みみや　ひふいむ　ひふやみむ　ひふみ
ひとつ　ふたつ　むつやつ　ここのつ
9

きゅうーさんぱーさんよんよん　に
ろくさーんよんさーんよんよん　に
いっち　いっち　ごっごっ　む
いっち　いっちぱっぱっ　む
なーな　なあなあ　ゼーロゼーロ　ろーく
ろーくろーく　よーんよーん　よん
ゼーロ　ロロ　パ
9

987654321　0
ひとふたみきゅうひとふたみきゅうきゅう
しはちご9　にはち
にはちに9　しはち
さんさーん　ぱ　ぱ
いっち　ろく　　に

ぜろ

う・む

うむうむうむのうむのだうむ
うーむむうむうーむうううう
むーむうむうーむうむうむう

うめうめうめうめめめめうめ
うーめめうめううううめうめ

うみうみうみうみうめうめう
めうみうめうめうみうみうめ
うむうむのだうーむむうむむ
うううううううううううううむ
うむむむむむむむむむむむむ
うみうめうみうめうみうみう

むーむむうむうううむうむむ
ううめめうめうーめうめうめ
うむうむうむうむうむうむむ

う　うむのダうむのダうむむ

うみつづけうみつづけうむうむ
うみつづけうみつづけうめうめ

マイニチキミハウム

うみみみみうみみうみうむうむ
うみうむうめうめうむうみうむ
うむうむうむうむむうむうむむ
うみつづけうみつづけうみうむ

マ・ツ・リ

んま　んま　んま　マ
んま　んま　んま　マ

マ　ツ　リ

まツ　まツ　まツ　まツ　まーツ
まアつる　まアつる　まアつる
まあ・マ　まあ・マ　まあ・マ
ま
リ　リリリリリ
まっか　マッカまっか　マッかまっか
まつるンまつるンまつるるンまつるるン

まんまんまんまん　つるつるつる
まんつるまつる　まんつるまつり
つんつりつりり　つんつりつりり
まんしよまんしよ　まんつりまつり

まんまるまつりん　まんまるまつりん
りんりんまつり　りんりんまつりん

マーツーリー

まつりんコまつりんコりんりんコ
まつらんショまつらんショらんらんショ
まつるんヤまつるんヤるんるんヤ
まつれ
マツレツレ
まつれまつ
マツン　マツツ
ツツン　ツツツ
リツン　リツツ
りんツ・りんツ・りんツ
マんツ・マんツ・マんツ
ま　つ　り　まーつり　り

まつるるるるるるるル

き・も・の

キンモノきる　キモノン
キンモノぬぐ　キモノン

きーものきーもの　キーキー
モノキ　キキ　キ
モーノノキ
モーノノキキ　キ
モノギ・モノン・キンキノモノギ

きもめん　モキ　モモキ　キモメン
きぬのキイキイ　ヌノキー
の　の　のきん　のっき
アサギきものキーモーノーの
モエギきものキーモーノーの
ウコンきものキーモーノーの

オビ・タビ・オビ・タビ・オビ・タビビ

モノモノ　ノモ
もももも　もの
キンモキンモノ
キキンモンノノ
キモンノモノノ
モンモ・モンモ・キモンモ

ヒラク　き・も・の　ひらく　く
タタム　き・も・の　たたむ　む

作品a

ボガジダザ　ボガダジザ
ザジボダボ　ダガザジボ
ボッサザッポ　ダッカガッサ
ボッカダッポ　ザッサダッサ
ザ　　　　　　　　　ザ

ダポガ　ガッポダ
ダポガ　ガッポダ
ポダポダガ　ポダポダガ
ホタホタカ　ホタホタカ
ガジザザボ　ダダジガボ
ジザジザガ　ボボザジボ
ジダ　　　　ジダ
ホーホーホー　タホカ
ホーホーホー　サホカ
カポポシ
カポポシ
ジポダサ
ジポダサ
サダサダ
ガッサ　ボッサ　ジッサ　ジ
ガサ　タッポ　ダサ　ジッポ
ジ　シーダーサ
タ　ダーシーザ
ダボ
ホシ
ガ
カタシ　カカタシ　カホ
ボッサ　ザガダガ　カッサザボ
ダーガッタ　ホ
ダーザッカ　ホ

NOTE

・（1952〜60）「氷河」同人
萩原朔太郎（48年頃）、村野四郎（53年頃）、西脇順三郎（54年頃）に注目。在学時代からジョン・ダンのコンシートとアナロジイの問題に関心。イマジズム、シュルリアリズム、ニュー・クリティシズムにふれる。T・S・エリオットの《象徴》を通してフランス・サンボリスムにふれる。新即物主義、実存主義に関心。モンドリアンの作品からモダンアートにふれる。

・(1960~61)「文芸東北」同人
詩におけるメタファに疑問をもつ。意識的なデペイズマンの分解、イメージの即物的な凍結を試みる。ナウム・ガボの構成主義に関心。E・E・カミングズに注目。ドデガホニイによる現代音楽とミュージック・コンクレート(電子音楽を含む)の音楽思考と詩的思考の干渉がつづく――結果として、ドデガホニイのスタイルをモチーフとした一連のバリエーション《映像のための小品》群(未収録)と、電子音楽のイメージから触発された《象形詩》を生む。本詩集第I部に収録された《象形詩》はその一部で、視覚的な場から、漢字のもつ象徴性を極限のユニットとして、モチーフを発展させたもので、詩的空間と時間をこえようと意図した。なお作品を読む場合には、音読すること。

・(1961~62)「文芸東北」及び「球」同人
メタファとはなにか。シンボルとはなにか。時間空間における詩の機能とは。あるがままのことばの機能によることばの(特に音としての)ヒビキとリズムの連鎖反応、ことばがモノそのものとして自からうごきだす偶意性をモチーフとする。ザインそのものというより、ゲシェーンに関心。本詩集第II部に収録した作品群《象音詩》は、その一部。

本詩集はすべて仙台在住時の作品を収録した。
本詩集出版にご尽力いただいた森谷均氏に心から感謝いたします。

東京都大田区調布大塚町691・新国誠一記

〈東京時代　1963-1977〉

十三時の海

青く赤く冴えた海。
月はとうに別れていた。
だから海はみな暗いはずなのに
硝子のように冴えている。
風車が止った。
だから波もない。
静かだ。遠いメロデイ
眠くなる。
歌が冬の嵐のように。
愛のささやき。
嬰児のわめき。
貞女のためいき。
薔薇いろの憂欝。
それは忽ち青い赤い海に
ポカリポカリ
秩序よく浮きあがる。
月のない海の生態は人くさい。
それなのに人のかたちは少しもない。
黒いくらげのメヌエット。
はてしないステージは青と赤。
月が戻るかどうか。
黒いくらげの群は踊りつづける。
ただ白くらげがふるえている。
たしか十字架ではあるまい。

春の粉末

針　針
針
針
針
針　針
針
針
針　針
針

帯

トランペット

障子

青い珠

鏡÷雪

$$\text{男}\div\text{女}=\text{雲}>\text{海}\times\text{海}\times\text{海}$$

$$\text{冬}\times\frac{\text{火}}{\text{音}}=\text{歯}$$

$$\text{空}^{17}-\text{毛}+\text{墓}$$

$$\text{笑}\fallingdotseq\text{靴}$$

鏡

伝達 9

空をさがせ！

穴 穴 穴 穴
工
穴 穴 穴
工 穴
穴 工 穴
工 工 穴

鍬

空

め
・
・
雨
K
K
K
K
K
K
K
K

ア

火
火火

2/尻 毛 毛 毛 毛 毛 毛
K
K
K

姦

木 木 木 K K
水
水
水

石(雲)woman
=
+ 意志 ←→ 愛 = 巣 + ス + ズ ミ ミ ミ ミ ミ 耳
=
LOVE
楽
―
落
=
裸婦
ア

ズ
ZOO
ズ
ZOO
O

断

断

断

断

断

断

海

桂離宮

川川川川川川川川川川川川川川川川川川川川
川川川川川川川川川川川川川川川川川川川州
川川川川川川川川川川川川川川川川川川州州
川川川川川川川川川川川川川川川川川州州州
川川川川川川川川川川川川川川川川州州州州
川川川川川川川川川川川川川川川州州州州州
川川川川川川川川川川川川川川州州州州州州
川川川川川川川川川川川川川州州州州州州州
川川川川川川川川川川川川州州州州州州州州
川川川川川川川川川川川州州州州州州州州州
川川川川川川川川川川州州州州州州州州州州
川川川川川川川川川州州州州州州州州州州州
川川川川川川川川州州州州州州州州州州州州
川川川川川川川州州州州州州州州州州州州州
川川川川川川州州州州州州州州州州州州州州
川川川川川州州州州州州州州州州州州州州州
川川川川州州州州州州州州州州州州州州州州
川川川州州州州州州州州州州州州州州州州州
川川州州州州州州州州州州州州州州州州州州
川州州州州州州州州州州州州州州州州州州州
州州州州州州州州州州州州州州州州州州州州

川または州

雨

皿皿皿皿皿皿皿皿皿皿皿皿皿皿皿皿皿皿皿
皿血血血血血血血血血血血血血血血血血皿
皿血血血血血血血血血血血血血血血血血皿
皿血血血血血血血血血血血血血血血血血皿
皿血血血血血血血血血血血血血血血血血皿
皿血血血血血血血血血血血血血血血血血皿
皿血血血血血血血血血血血血血血血血血皿
皿血血血血血血血血血血血血血血血血血皿
皿血血血血血血血血血血血血血血血血血皿
皿血血血血血血血血血血血血血血血血血皿
皿血血血血血血血血血　血血血血血血血皿
皿血血血血血血血血血血血血血血血血血皿
皿血血血血血血血血血血血血血血血血血皿
皿血血血血血血血血血血血血血血血血血皿
皿血血血血血血血血血血血血血血血血血皿
皿血血血血血血血血血血血血血血血血血皿
皿血血血血血血血血血血血血血血血血血皿
皿血血血血血血血血血血血血血血血血血皿
皿血血血血血血血血血血血血血血血血血皿
皿血血血血血血血血血血血血血血血血血皿
皿皿皿皿皿皿皿皿皿皿皿皿皿皿皿皿皿皿皿

皿と血

門門門門門門門門門闇音音音音音音音音音音音音音音音音音音音音音音
門門門門門門門門門闇音音音音音音音音音音音音音音音音音音音音音音
門門門門門門門門門闇音音音音音音音音音音音音音音音音音音音音音音
門門門門門門門門門闇音音音音音音音音音音音音音音音音音音音音音音
門門門門門門門門門闇音音音音音音音音音音音音音音音音音音音音音音
門門門門門門門門門闇音音音音音音音音音音音音音音音音音音音音音音
門門門門門門門門門闇音音音音音音音音音音音音音音音音音音音音音音
門門門門門門門門門闇音音音音音音音音音音音音音音音音音音音音音音
門門門門門門門門門闇音音音音音音音音音音音音音音音音音音音音音音
門門門門門門門門門闇音音音音音音音音音音音音音音音音音音音音音音
門門門門門門門門門闇音音音音音音音音音音音音音音音音音音音音音音
門門門門門門門門門闇音音音音音音音音音音音音音音音音音音音音音音
門門門門門門門門門闇音音音音音音音音音音音音音音音音音音音音音音
門門門門門門門門門闇音音音音音音音音音音音音音音音音音音音音音音
門門門門門門門門門闇音音音音音音音音音音音音音音音音音音音音音音
門門門門門門門門門闇音音音音音音音音音音音音音音音音音音音音音音
門門門門門門門門門闇音音音音音音音音音音音音音音音音音音音音音音
門門門門門門門門門闇音音音音音音音音音音音音音音音音音音音音音音
門門門門門門門門門闇音音音音音音音音音音音音音音音音音音音音音音
門門門門門門門門門闇音音音音音音音音音音音音音音音音音音音音音音

闇

噓

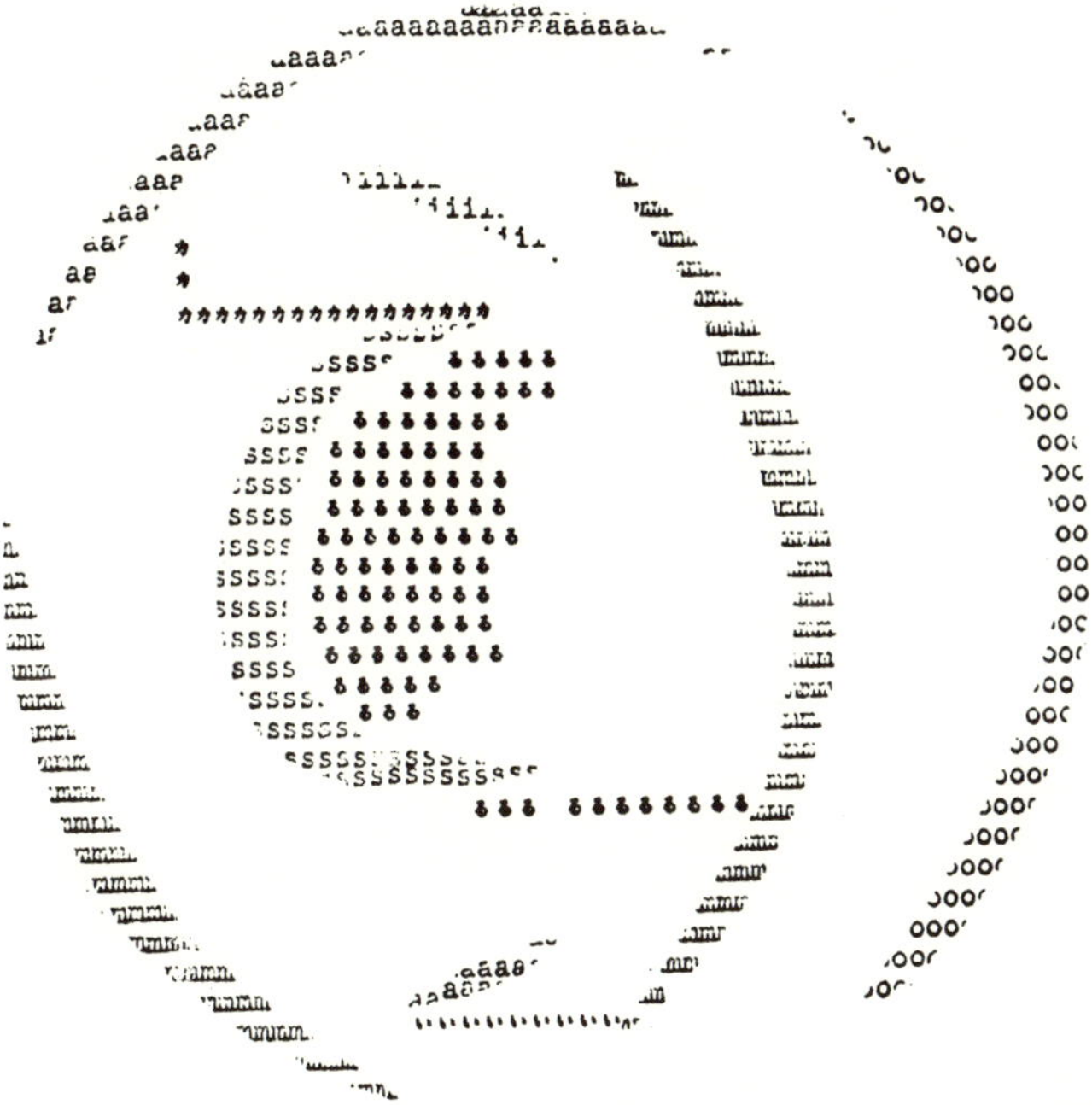

カ(ka)　る(ru)　い(i)asimo

新国誠一＋ピエール・ガルニエ
『日仏詩集』より

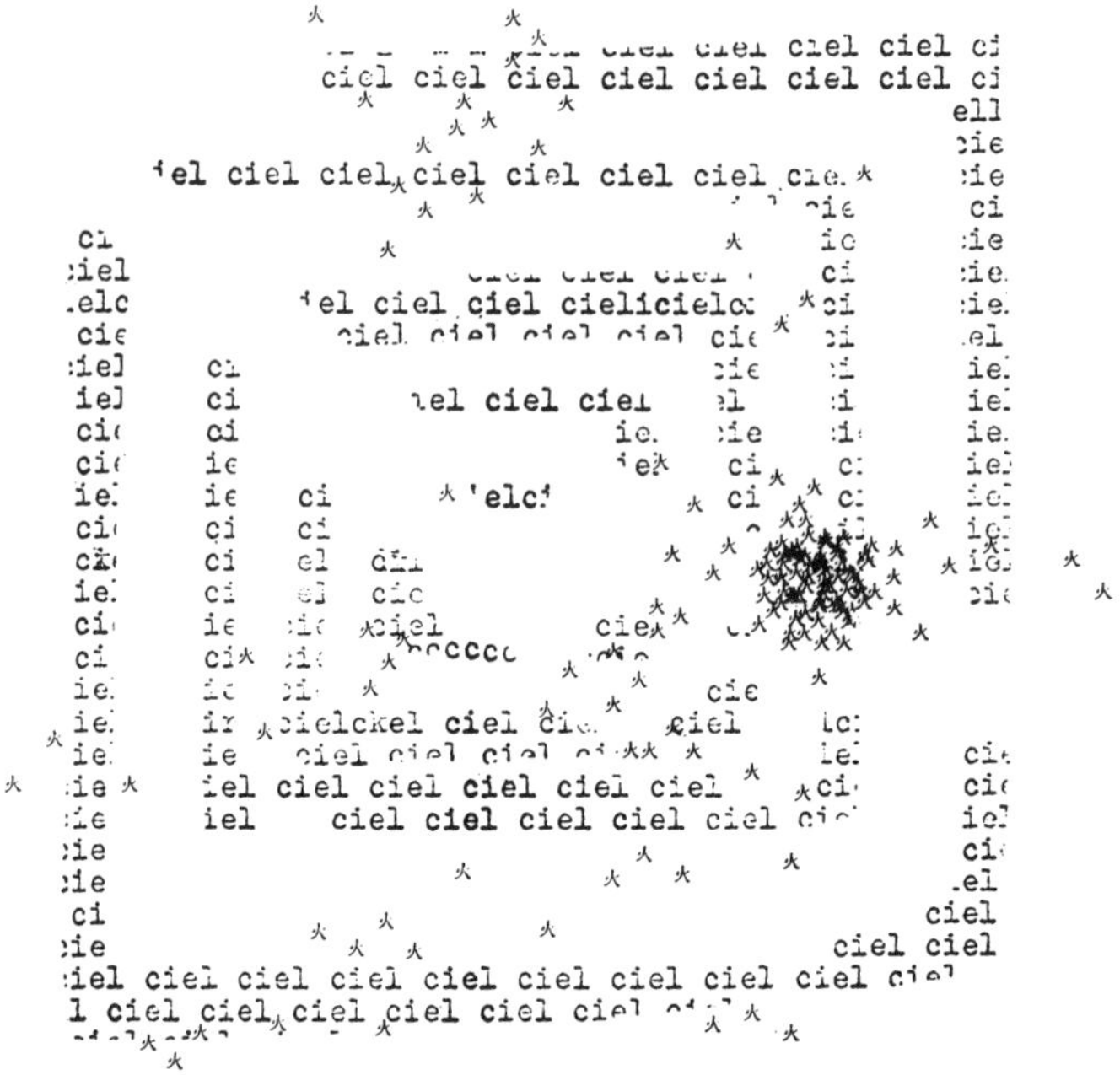

プロメテウスの火

新国誠一＋ピエール・ガルニエ
『日仏詩集』より

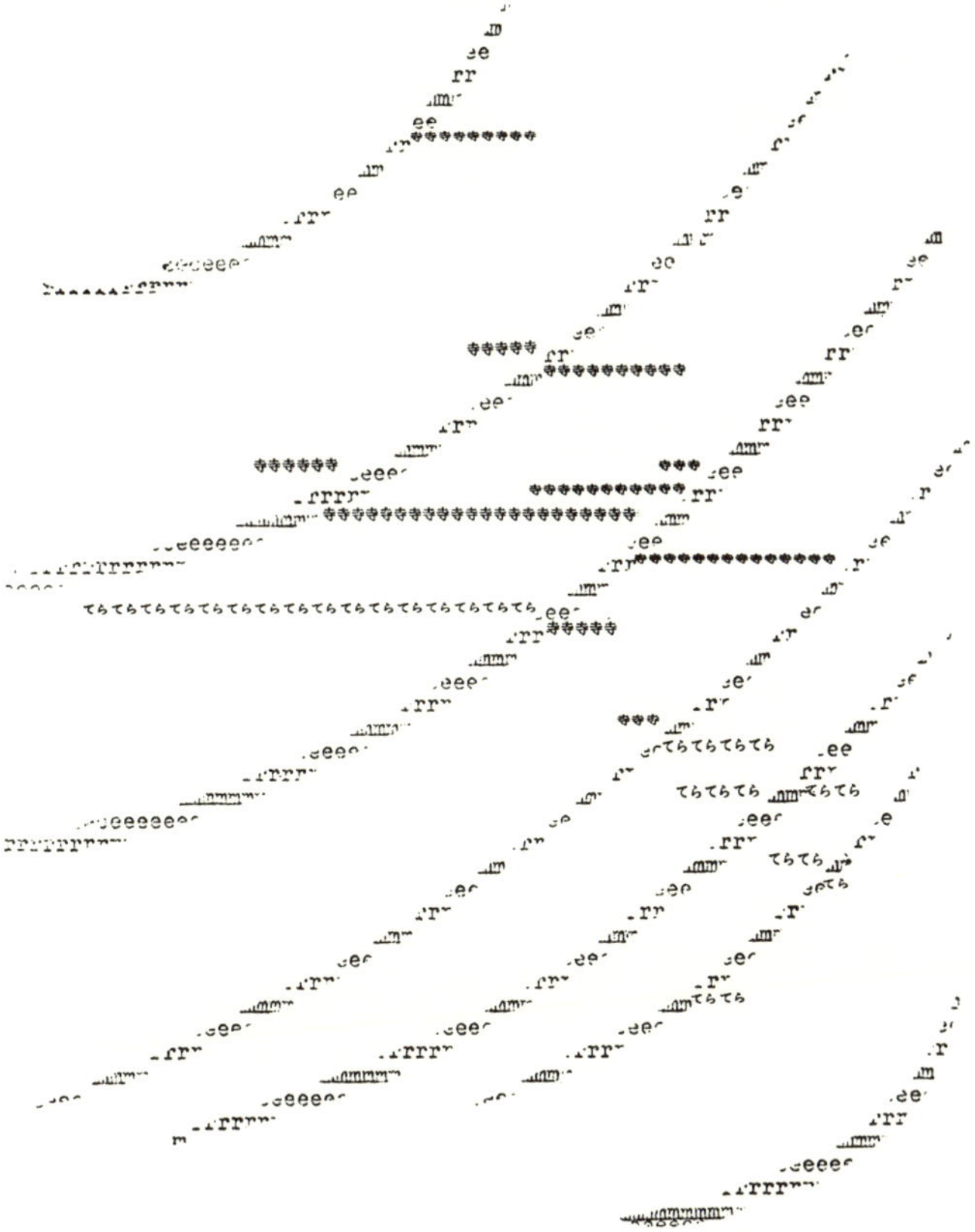

沈める寺

新国誠一＋ピエール・ガルニエ
『日仏詩集』より

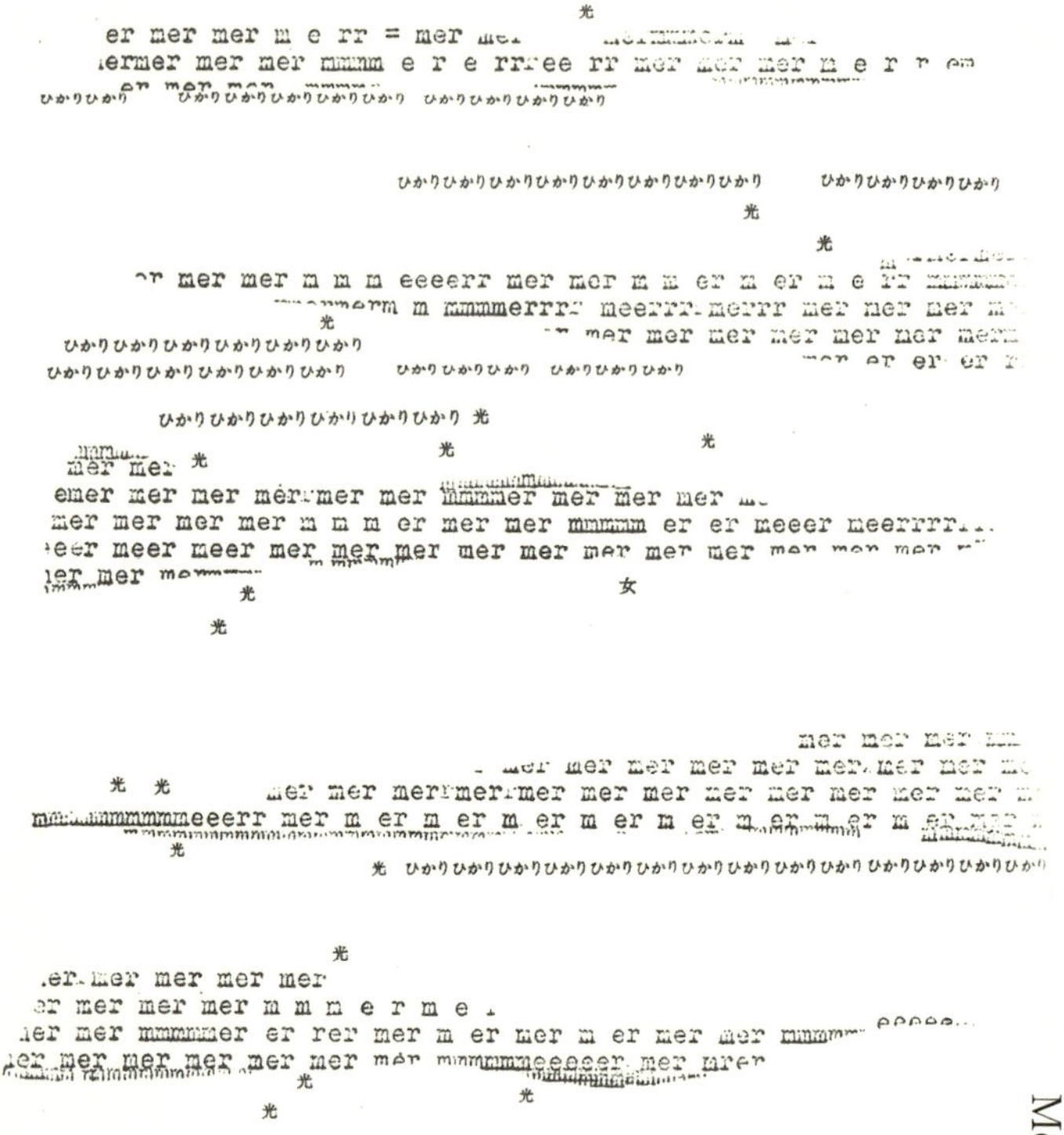

Mer＝海，ひかり・光＝light, 女＝woman

新国誠一＋ピエール・ガルニエ
『日仏詩集』より

空間主義東京宣言書：1968

Tokyo manifesto for the spatialism: 1968

文明の基礎をつくりあげるものは、人間の経験である。つまり、人間生活の原初経験である。今日の文明は、この原初経験の自立そのものを、すでに喪失している。今日の文明がもたらした機械主義や社会的意識形態が、文明そのもののもっている矛盾のために、さまざまな人間経験にとり代ったからである。同様の手段で、コトバもまた、文明化した生活の道具となっている。その結果、道具言語は、さも人間経験そのもののようにいたるところに氾濫している。今日、われわれにとって要求されるものは、道具言語を解放させ、衰えかけた文明のなかに埋没した原初経験を、コトバそのものが取り戻すことである。私はコトバの物質とエネルギーを、ことばの根源から宇宙哲学へ解放する。コトバのエネルギーを生み出すのは、コトバそのものの現存性である。

コトバは、ある機能的個体としての物質である。

コトバは、ある言語学的オブジェである。

コトバは、「ことばの皮膜」をもつ。

コトバは、ただ報道するだけである。

コトバは、「現象学」への通路である。

コトバは、視覚的、聴覚的緊張を併った構造性の美学をもつ。

コトバは、意味論的及び美学的情報をもつ。

コトバは、「空間化されたエネルギー」をもつ。

コトバは、目にみえる世界と耳にきこえる世界の芸術である。

コトバは、たえず国語をのり越えようとしている。

コトバは、新しい文明そのものがもっている空間の美学的計画のなかで、超国家語になるであろう。

コトバは、その文明の新しい様式を証明する。

1968年2月10日　東京

新国誠一

心心心心心心心心心必心心心心心心心心心
心心心心心心心心心必心心心心心心心心心
心心心心心心心心心必心心心心心心心心心
心心心心心心心心心必心心心心心心心心心
心心心心心心心心心必心心心心心心心心心
心心心心心心心心心必心心心心心心心心心
心心心心心心心心心必心心心心心心心心心
心心心心心心心心心必心心心心心心心心心
心心心心心心心心心必心心心心心心心心心
心心心心心心心心心必心心心心心心心心心
心心心心心心心心心必心心心心心心心心心
必必必必必必必必必必必必必必必必必必必
心心心心心心心心心必心心心心心心心心心
心心心心心心心心心必心心心心心心心心心
心心心心心心心心心必心心心心心心心心心
心心心心心心心心心必心心心心心心心心心
心心心心心心心心心必心心心心心心心心心
心心心心心心心心心必心心心心心心心心心
心心心心心心心心心必心心心心心心心心心
心心心心心心心心心必心心心心心心心心心
心心心心心心心心心必心心心心心心心心心
心心心心心心心心心必心心心心心心心心心

心

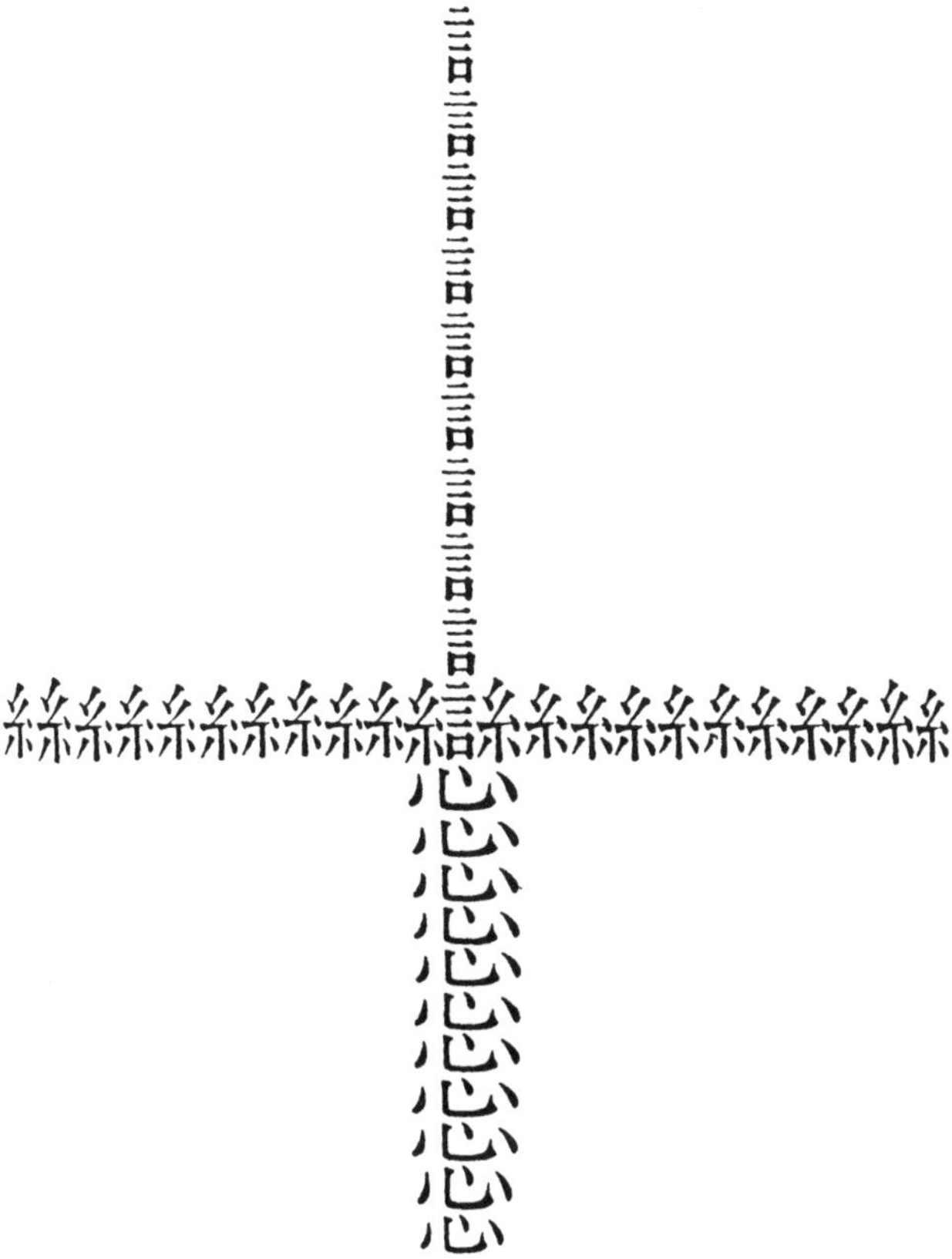

戀

戀戀戀戀戀戀戀戀戀戀戀戀戀戀戀
戀戀戀戀戀戀戀戀戀戀戀戀戀戀戀
戀戀戀戀戀戀戀戀戀戀戀戀戀戀戀
戀戀戀戀戀戀戀戀戀戀戀戀戀戀戀
戀戀戀戀戀戀戀戀戀戀戀戀戀戀戀
戀戀戀戀戀戀戀䜌戀戀戀戀戀戀戀
戀戀戀戀戀戀戀戀戀戀戀戀戀戀戀
戀戀戀心戀戀戀戀戀戀戀戀戀戀戀
戀戀戀戀戀戀戀戀戀戀戀戀戀戀戀
戀戀戀戀戀戀戀戀戀戀戀戀戀戀戀
戀戀戀戀戀戀戀戀戀戀戀戀戀戀戀

相聞

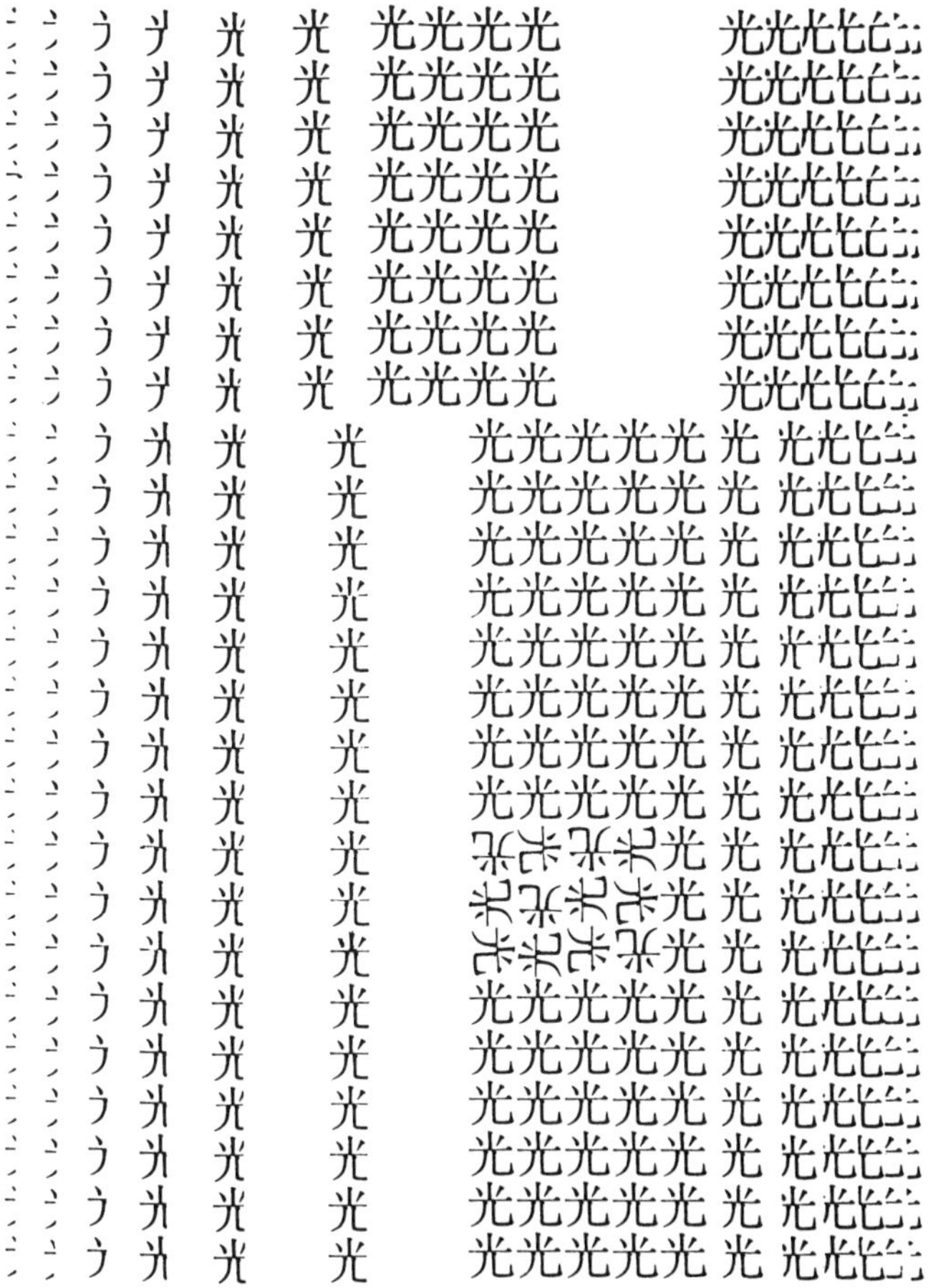

首目目目目目目目目見　目
首目目目目目目目目見　目
首目目目目目目目目見　目
首目目目目目目目目見　目
首目目目目目目目目見　目
首目目目目目目目目見　目
首目目目目目目目目見　目

窓

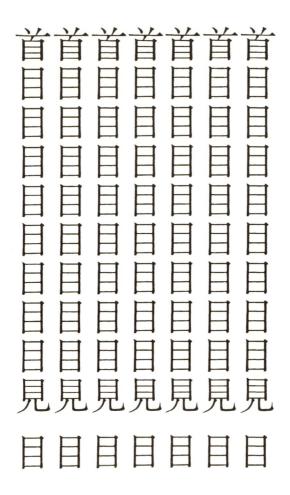

らくだくくくくくくだ
くくくくくだくくくく
くくくくくくくくくく
くだくくくくくくくく
くだくくくくくくくく
くだくだくくくだだく
くくくくくくくくくく
くくくくくくくくくく
くくらくくくくくくく
くらららくくくくくく
くらくらくくくくくく
くらくらくくくらくく
くくくくくくくくくく
くくくさくくくくくく
くくくさくくくくくく
くさくさくくくくくく
くさくさくらくくくく
ささささくくくさくら

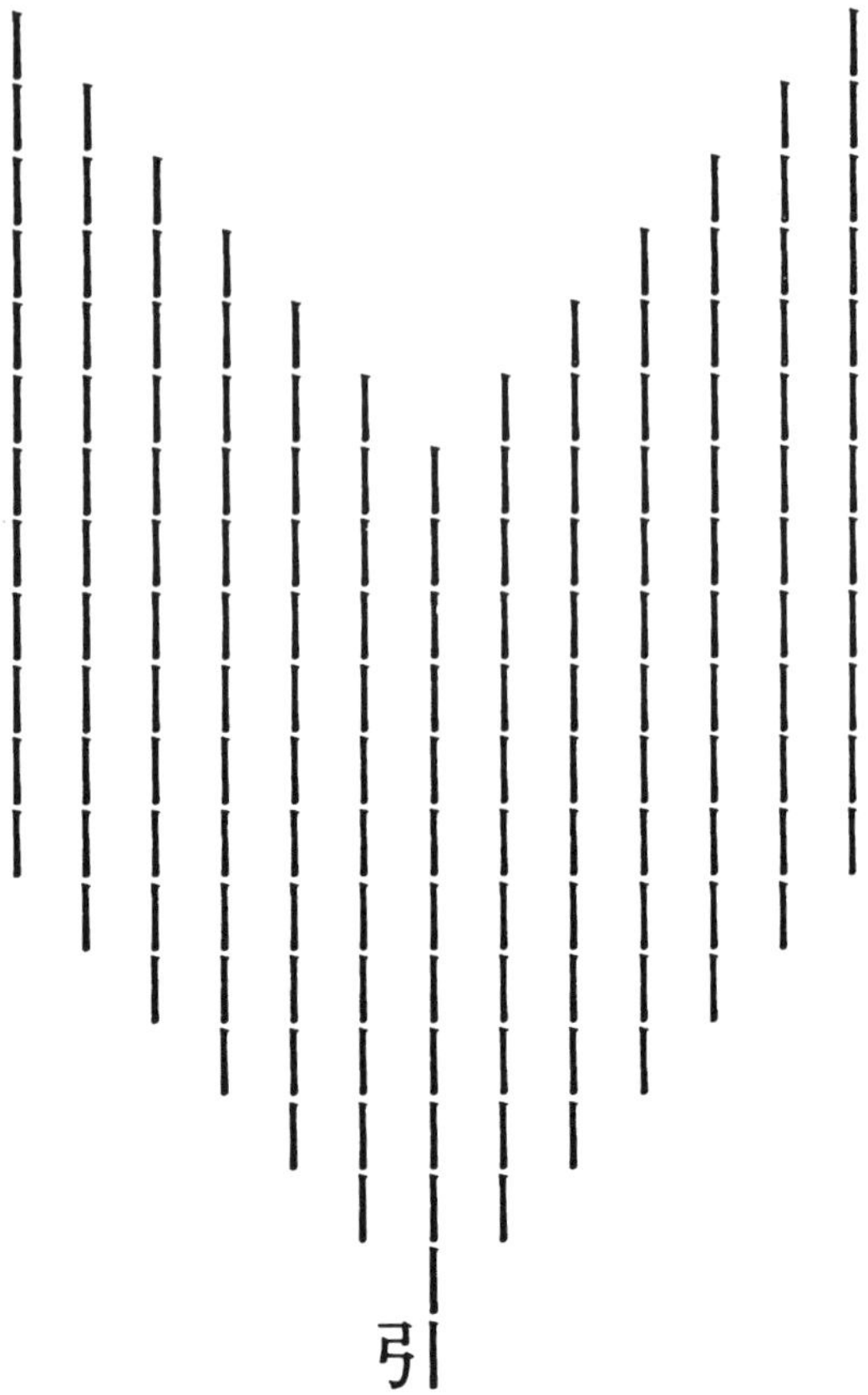

引く

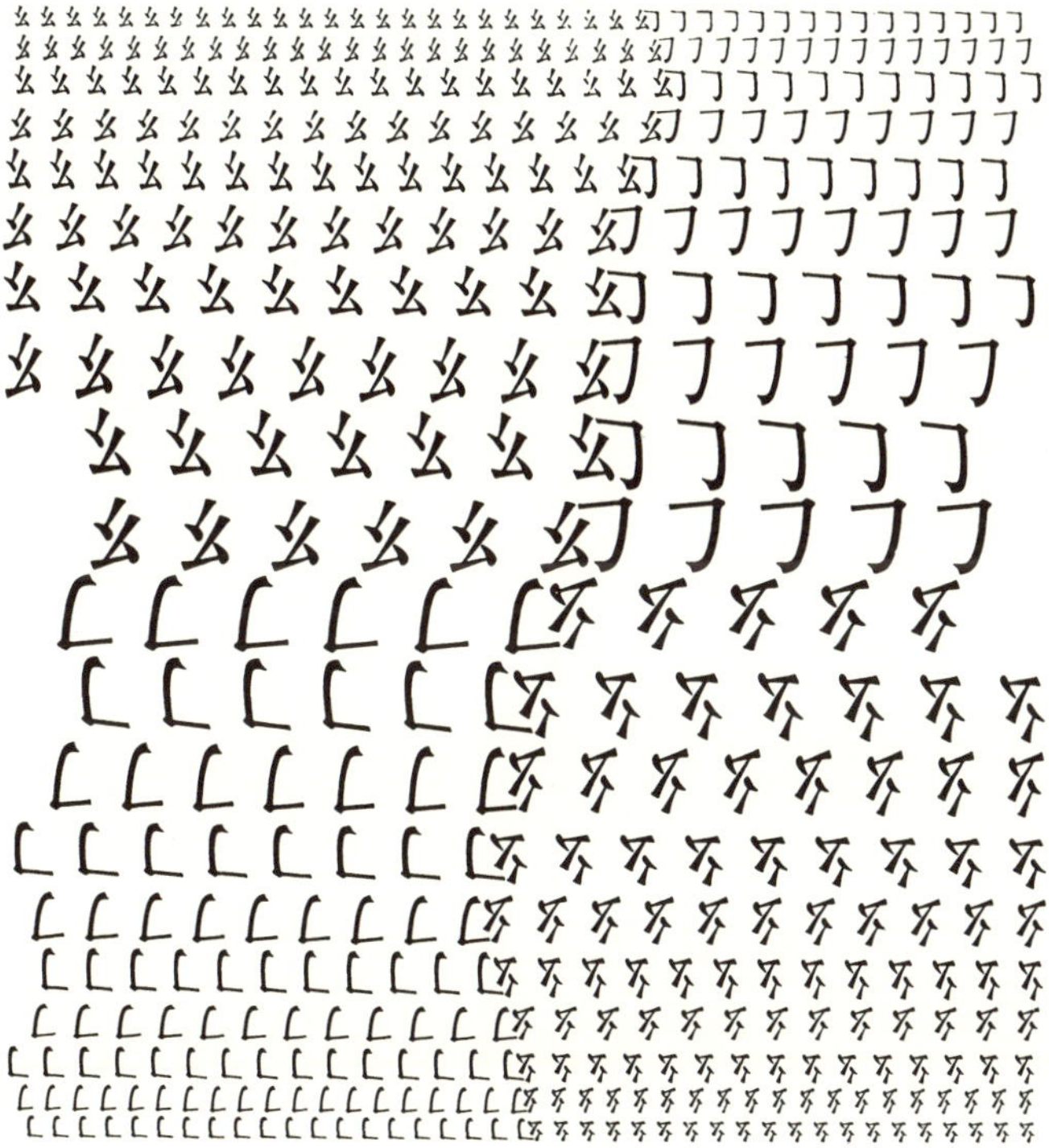

幻

十十十十十十十十十十十十十十十十
十十十十十十十十十十十十十十十十
十十十十十十十十十十十十十十十十
十十十十十十十十十十十十十十十十
十十十十十十十十十十十十十十十十
十十十十十十十十十十十十十十十十
十十十十十十十十十十十辻十十十十
十十十十十十十十十十十十十十十十
十十十十十十十十十十十十十十十十
十十十十十十十十十十十十十十十十
十十十十十十十十十十十十十十十十
十十十十十十十十十十十十十十十十
十十十十十十十十十十十十十十十十
十十十十十十十十十十十十十十十十
十十十十十十十十十十十十十十十十
十十十十十十十十十十十十十十十十
十十十十十十十十十十十十十十十十
十十十十十十十十十十十十十十十十

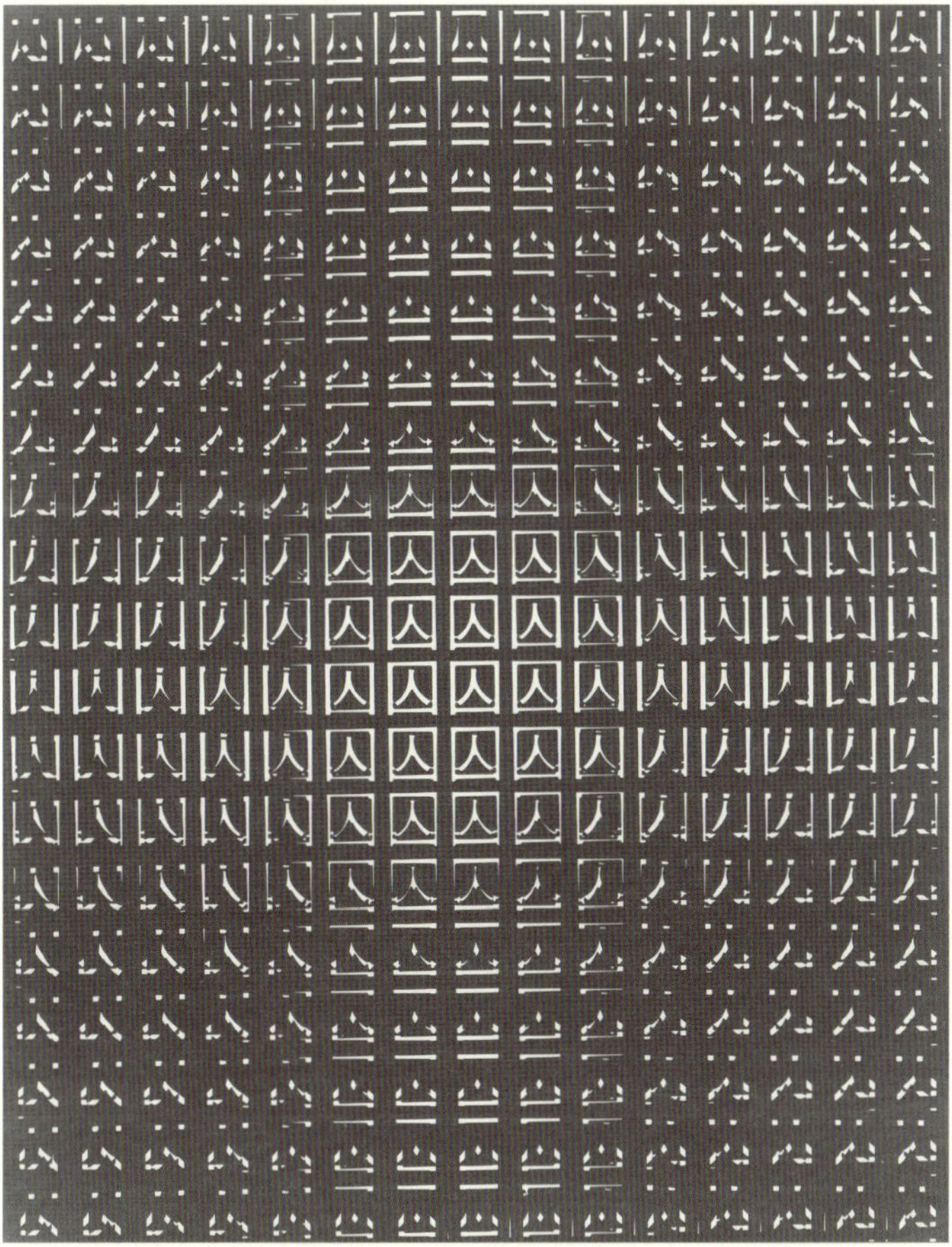

囚

ユキ（雪）＝neige

ミクロポエム　MICROPOEMSより
新国誠一＋ピエール・ガルニエ

ユn:ig:キ

ムスメ（娘）＝demoiselle

ミクロポエム　MICROPOEMSより
新国誠一＋ピエール・ガルニエ

メスd"moi?e!!eム

テ（手）＝main

ミクロポエム　MICROPOEMS より
新国誠一＋ピエール・ガルニエ

m　n
テ
a　i

ホ（帆）＝voile

ミクロポエム　MICROPOEMS より
新国誠一＋ピエール・ガルニエ

ホ
o
v / i l e
o

位置

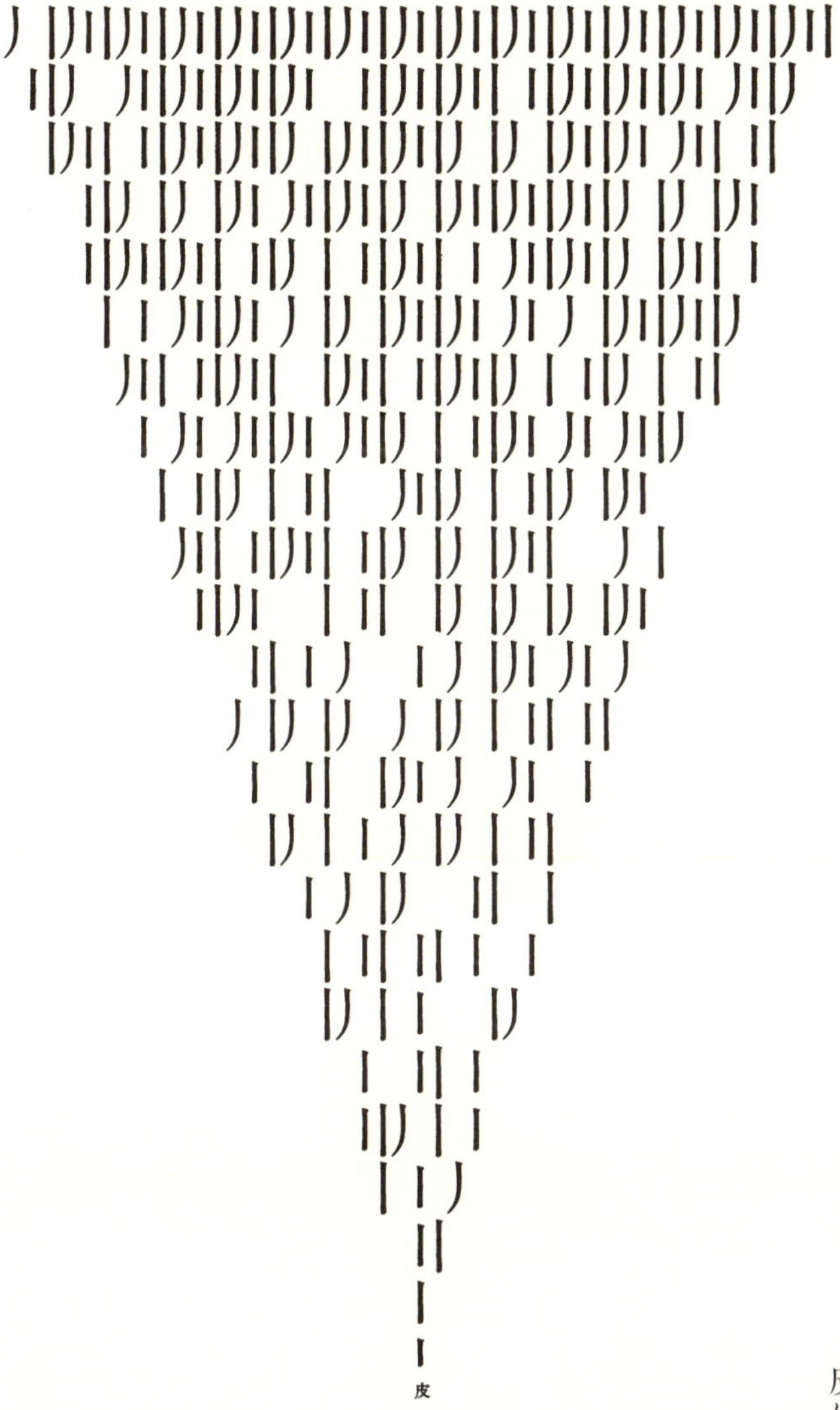

皮になった川

今日

　　　　昨今昨
　　　　日日日
昨昨昨昨昨今
日日日日日日
昨昨昨昨昨今
日日日日日日
　　　昨昨今明明明明
　　　日日日日日日日
　　　　明明明明
　　　　日日日日
　　　　　今
　　　　　日

的的的的的的的的的
的的的的的的的的的
的的的的的的的的的
的的的的的的的的的
的的的的的的的的的
的的的的的的的的的
的的的的的的的的的
的的的的的的的的的
的的的的的的的的的

雲と空

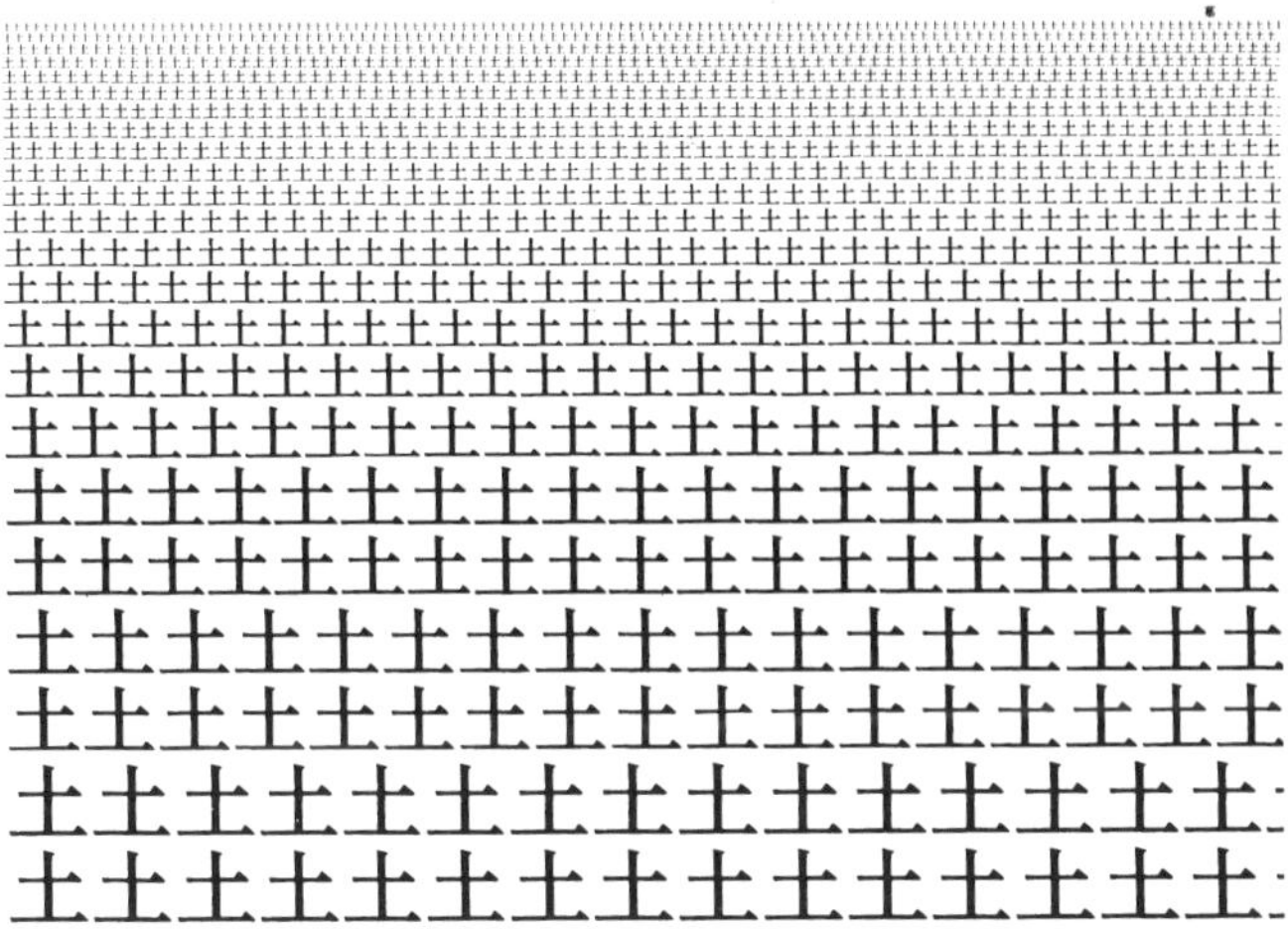

大地

雪雪雪雪雪雪雪雪雪雪雪雪雪雪雪雪雪雪雪雪雪雪雪雪雪雪雪雪雪雪雪雪雪
雪雪雪雪雪雪雪雪雪雪雪雪雪雪雪雪雪雪雪雪雪雪雪雪雪雪雪雪雪雪雪雪雪
雪雪雪雪雪雪雪雪雪雪雪雪雪雪雪雪雪雪雪雪雪雪雪雪雪雪雪雪雪雪雪雪雪
雪雪雪雪雪雪雪雪雪雪雪雪雪雪雪雪雪雪雪雪雪雪雪雪雪雪雪雪雪雪雪雪雪
雪雪雪雪雪雪雪雪雪雪雪雪雪雪雪雪雪雪雪雪雪雪雪雪雪雪雪雪雪雪雪雪雪
雪雪雪雪雪雪雪雪雪雪雪雪雪雪雪雪雪雪雪雪雪雪雪雪雪雪雪雪雪雪雪雪雪
雪雪雪雪雪雪雪雪雪雪雪雪雪雪雪雪雪雪雪雪雪雪雪雪雪雪雪雪雪雪雪雪雪
雪雪雪雪雪雪雪雪雪雪雪雪雪雪雪雪雪雪雪雪雪雪雪雪雪雪雪雪雪雪雪雪雪
雪雪雪雪雪雪雪雪雪雪雪雪雪雪雪雪雪雪雪雪雪雪雪雪雪雪雪雪雪雪雪雪雪
雪雪雪雪雪雪雪雪雪雪雪雪雪雪雪雪雪雪雪雪雪雪雪雪雪雪雪雪雪雪雪雪雪
雪雪雪雪雪雪雪雪雪雪雪雪雪雪雪雪雪雪雪雪雪雪雪雪雪雪雪雪雪雪雪雪雪
雪雪雪雪雪雪雪雪雪雪雪雪雪雪雪雪雪雪雪雪雪雪雪雪雪雪雪雪雪雪雪雪雪
雪雪雪雪雪雪雪雪雪雪雪雪雪雪雪雪雪雪雪雪雪雪雪雪雪雪雪雪雪雪雪雪雪
雪雪雪雪雪雪雪雪雪雪雪雪雪雪雪雪雪雪雪雪雪雪雪雪雪雪雪雪雪雪雪雪雪
雪雪雪雪雪雪雪雪雪雪雪雪雪雪雪雪雪雪雪雪雪雪雪雪雪雪雪雪雪雪雪雪雪
雪雪雪雪雪雪雪雪雪雪雪雪雪雪雪雪雪雪雪雪雪雪雪雪雪雪雪雪雪雪雪雪雪
雪雪雪雪雪雪雪雪雪雪雪雪雪雪雪雪雪雪雪雪雪雪雪雪雪雪雪雪雪雪雪雪雪
雪雪雪雪雪雪雪雪雪雪雪雪雪雪雪雪雪雪雪雪雪雪雪雪雪雪雪雪雪雪雪雪雪
雪雪雪雪雪雪雪雪雪雪雪雪雪雪雪雪雪雪雪雪雪雪雪雪雪雪雪雪雪雪雪雪雪
雪雪雪雪雪雪雪雪雪雪雪雪雪雪雪雪雪雪雪雪雪雪雪雪雪雪雪雪雪雪雪雪雪
雪雪雪雪雪雪雪雪雪雪雪雪雪雪雪雪花雪雪雪雪雪雪雪雪雪雪雪雪雪雪雪雪
雪雪雪雪雪雪雪雪雪雪雪雪雪雪雪雪雪雪雪雪雪雪雪雪雪雪雪雪雪雪雪雪雪
雪雪雪雪雪雪雪雪雪雪雪雪雪雪雪雪雪雪雪雪雪雪雪雪雪雪雪雪雪雪雪雪雪
雪雪雪雪雪雪雪雪雪雪雪雪雪雪雪雪雪雪雪雪雪雪雪雪雪雪雪雪雪雪雪雪雪
雪雪雪雪雪雪雪雪雪雪雪雪雪雪雪雪雪雪雪雪雪雪雪雪雪雪雪雪雪雪雪雪雪
雪雪雪雪雪雪雪雪雪雪雪雪雪雪雪雪雪雪雪雪雪雪雪雪雪雪雪雪雪雪雪雪雪
雪雪雪雪雪雪雪雪雪雪雪雪雪雪雪雪雪雪雪雪雪雪雪雪雪雪雪雪雪雪雪雪雪
雪雪雪雪雪雪雪雪雪雪雪雪雪雪雪雪雪雪雪雪雪雪雪雪雪雪雪雪雪雪雪雪雪
雪雪雪雪雪雪雪雪雪雪雪雪雪雪雪雪雪雪雪雪雪雪雪雪雪雪雪雪雪雪雪雪雪
雪雪雪雪雪雪雪雪雪雪雪雪雪雪雪雪雪雪雪雪雪雪雪雪雪雪雪雪雪雪雪雪雪
雪雪雪雪雪雪雪雪雪雪雪雪雪雪雪雪雪雪雪雪雪雪雪雪雪雪雪雪雪雪雪雪雪
雪雪雪雪雪雪雪雪雪雪雪雪雪雪雪雪雪雪雪雪雪雪雪雪雪雪雪雪雪雪雪雪雪
雪雪雪雪雪雪雪雪雪雪雪雪雪雪雪雪雪雪雪雪雪雪雪雪雪雪雪雪雪雪雪雪雪
雪雪雪雪雪雪雪雪雪雪雪雪雪雪雪雪雪雪雪雪雪雪雪雪雪雪雪雪雪雪雪雪雪
雪雪雪雪雪雪雪雪雪雪雪雪雪雪雪雪雪雪雪雪雪雪雪雪雪雪雪雪雪雪雪雪雪
雪雪雪雪雪雪雪雪雪雪雪雪雪雪雪雪雪雪雪雪雪雪雪雪雪雪雪雪雪雪雪雪雪
雪雪雪雪雪雪雪雪雪雪雪雪雪雪雪雪雪雪雪雪雪雪雪雪雪雪雪雪雪雪雪雪雪
雪雪雪雪雪雪雪雪雪雪雪雪雪雪雪雪雪雪雪雪雪雪雪雪雪雪雪雪雪雪雪雪雪
雪雪雪雪雪雪雪雪雪雪雪雪雪雪雪雪雪雪雪雪雪雪雪雪雪雪雪雪雪雪雪雪雪
雪雪雪雪雪雪雪雪雪雪雪雪雪雪雪雪雪雪雪雪雪雪雪雪雪雪雪雪雪雪雪雪雪
雪雪雪雪雪雪雪雪雪雪雪雪雪雪雪雪雪雪雪雪雪雪雪雪雪雪雪雪雪雪雪雪雪

雪花

戦戦戦
反又又又

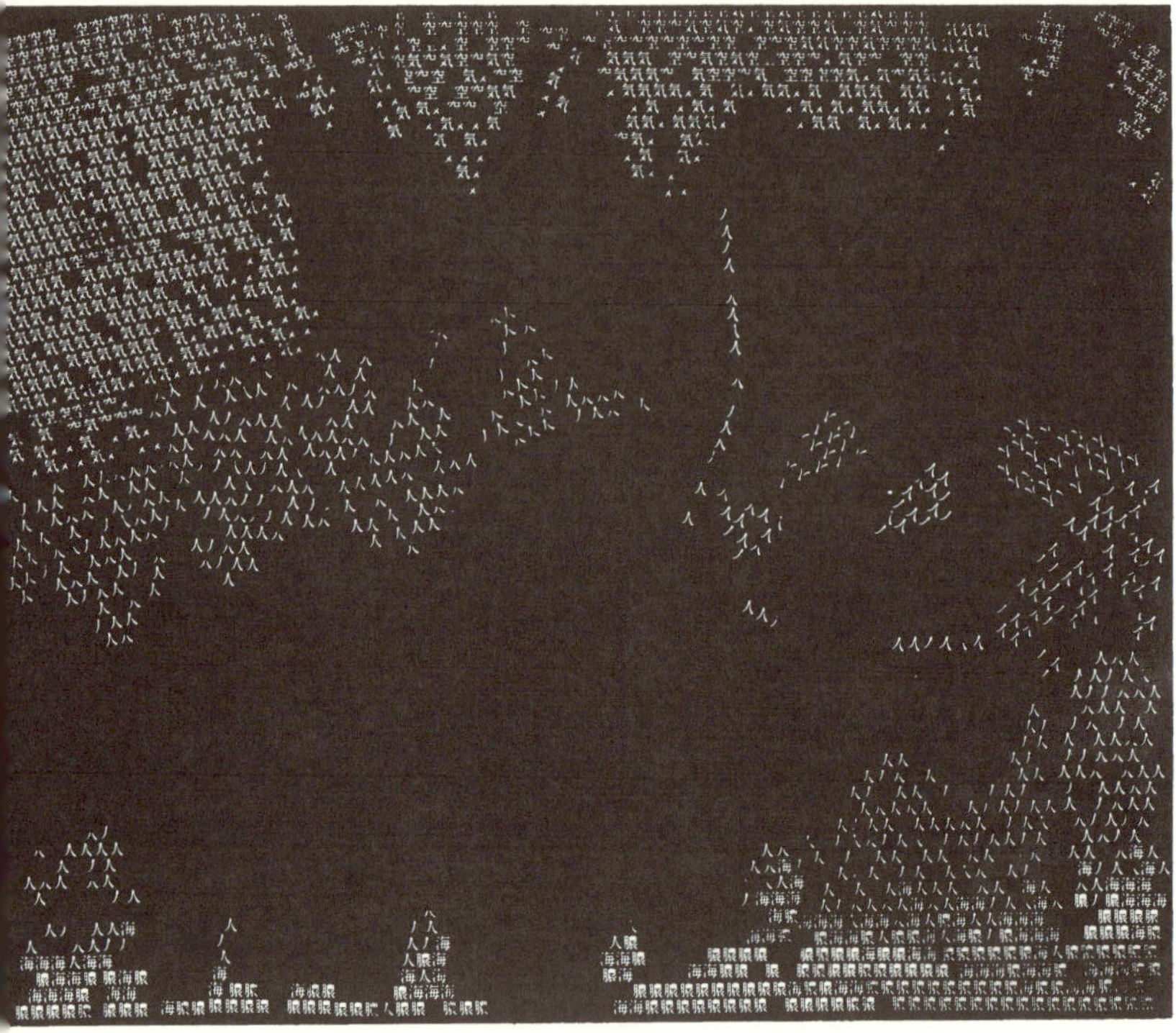

状況 I

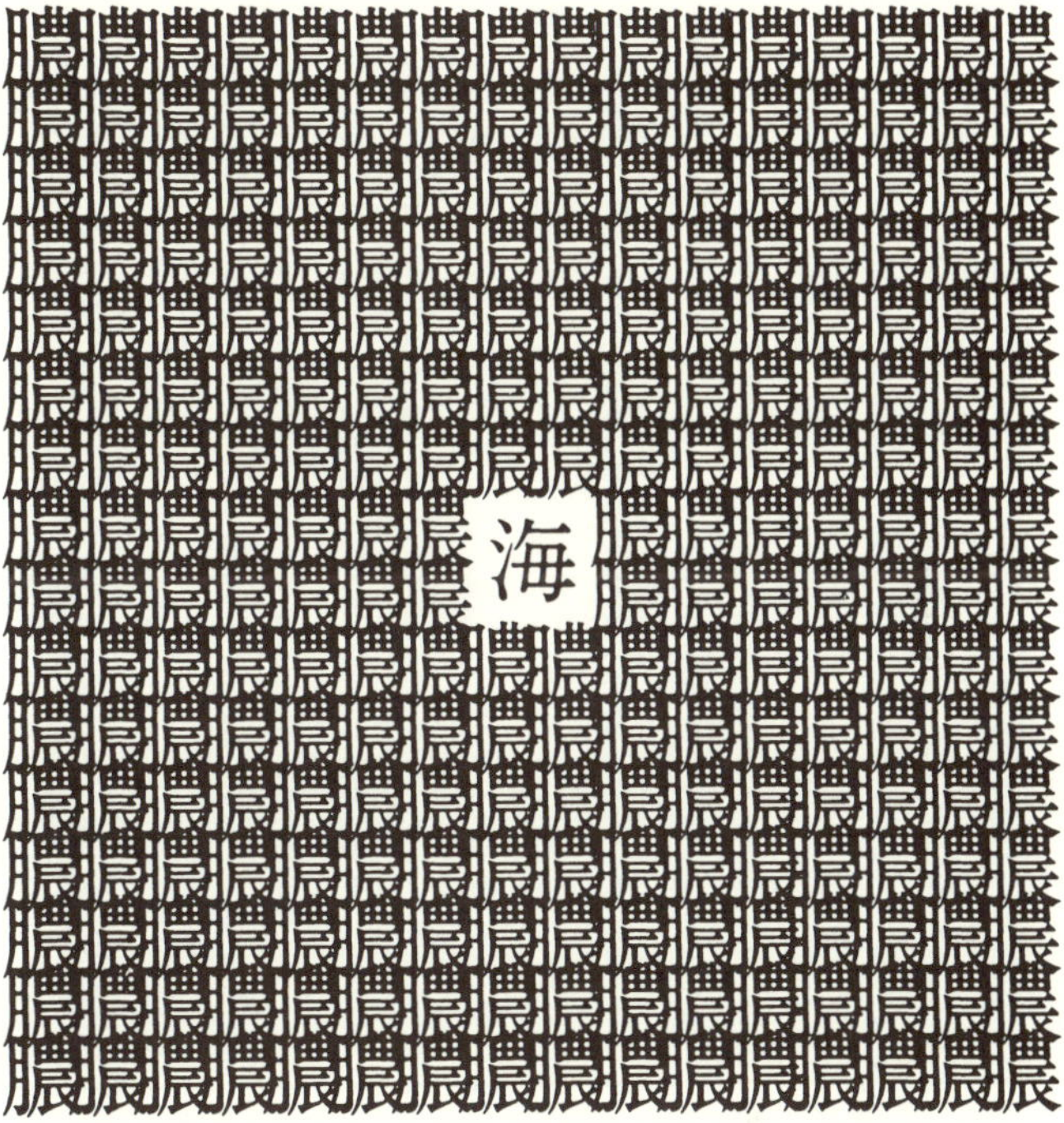

膿になった海

合った　-　butter

善い　-　better

ベタベタ　-　often

たびたび　-　oven

お化け　-　ghost

小牛　-　calf

脚《あし》　-　knee

二　-　shin

信ずる　-　faith

顔　-　face

目　-　May

生命　-　say

言う　-　you

湯　-　me

耳　-　eye

愛　-　I

終り　-　end

音素詩　意味と音

10／18／71　製作

新国誠一＋ハリイ・ゲスト

木 - key

鍵 - tree

鳥 - tarry

照る - tell

天 - ten

十 - Jew

九 - queue

列 - nine

無い - knife

娼婦 - show

なんでしょう - she

死 - death

です - is

椅子 - chair

茶 - tea

戸 - to

胴 - dough

台 - day

日 - he

塀 - hay

灰 - yes

高い - high

肺 - lung

蝿 - fly

飛ぶ - fly

焼く - fry

五 - five

行く - go

害 - guy

場合 - cow

買う - buy

バス - bus

場所 - place

箪笥 - dance

男子 - lunch

乱痴気《らんちき》 - ranch

蘭 - run

罐 - can

反 - ton

三 - sang

損 - song

歌 - utter

心

悲歌

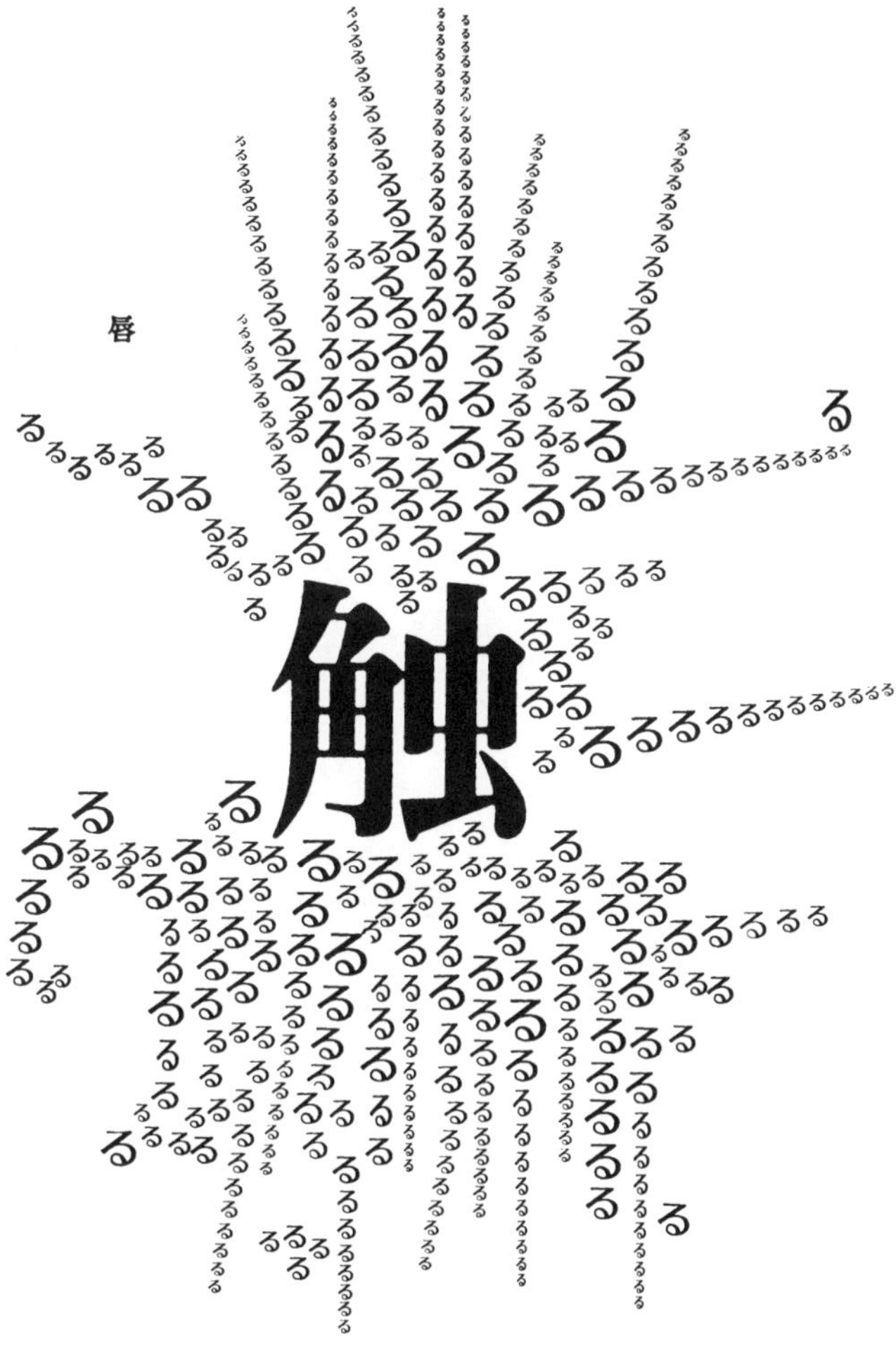
唇
触

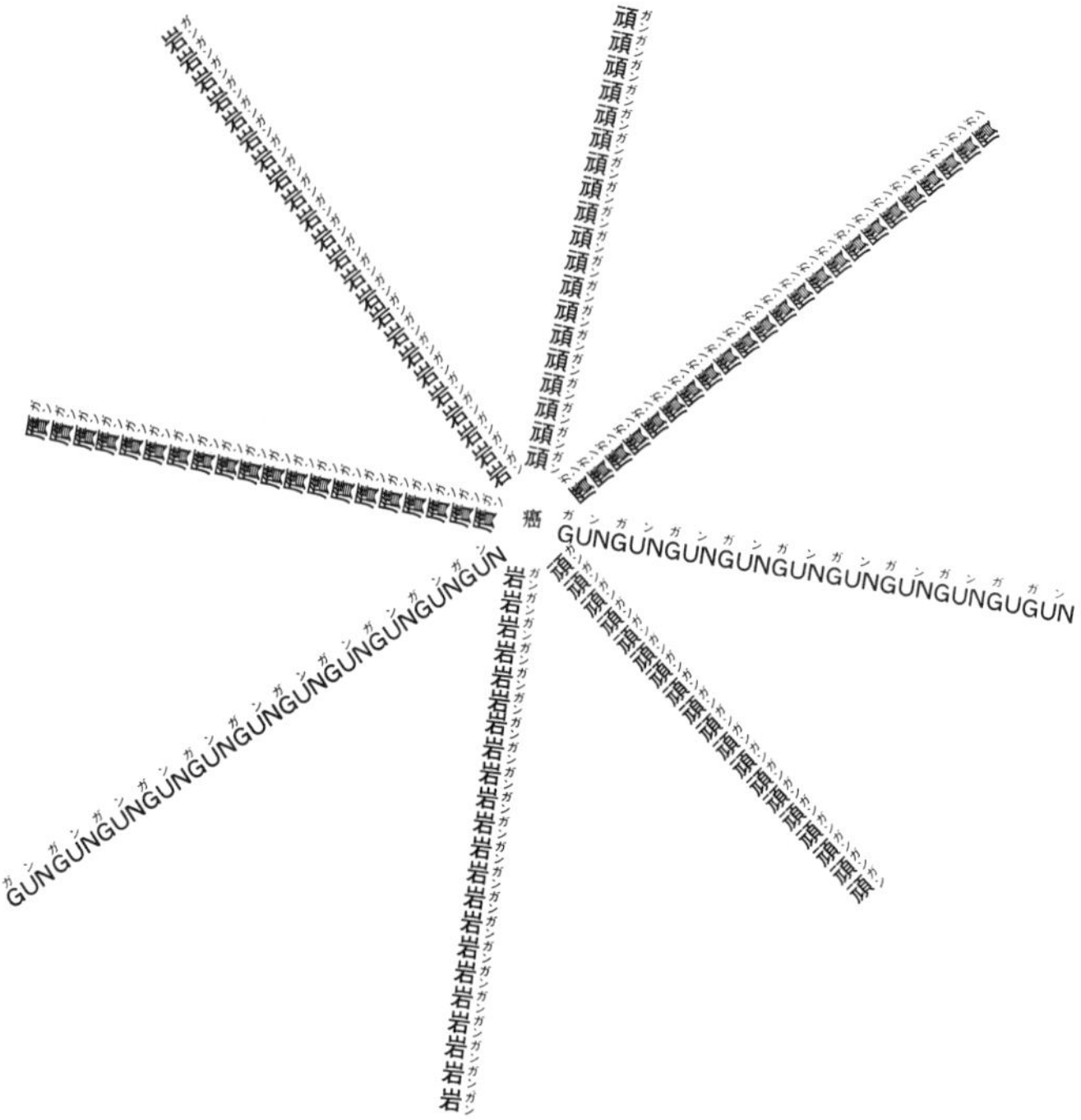

禍根

点点点点点点点滅点滅点滅点滅点点点点点点点
滅滅滅滅滅滅滅点滅点滅点滅点滅滅滅滅滅滅滅
点点点点点点点滅点滅点滅点滅点点点点点点点
滅滅滅滅滅滅滅点滅点滅点滅点滅滅滅滅滅滅滅
点点点点点点点滅点滅点滅点滅点点点点点点点
滅滅滅滅滅滅滅点滅点滅点滅点滅滅滅滅滅滅滅
点点点点点点点滅点滅点滅点滅点点点点点点点
滅滅滅滅滅滅滅点滅点滅点滅点滅滅滅滅滅滅滅
点点点点点点点滅点滅点滅点滅点点点点点点点
滅滅滅滅滅滅滅点滅点滅点滅点滅滅滅滅滅滅滅
点点点点点点点滅点滅点滅点滅点点点点点点点
滅滅滅滅滅滅滅点滅点滅点滅点滅滅滅滅滅滅滅
点点点点点点点滅点滅点滅点滅点点点点点点点
滅滅滅滅滅滅滅点滅点滅点滅点滅滅滅滅滅滅滅
点点点点点点点滅点滅点滅点滅点点点点点点点
滅滅滅滅滅滅滅点滅点滅点滅点滅滅滅滅滅滅滅
点点点点点点点滅点滅点滅点滅点点点点点点点
滅滅滅滅滅滅滅点滅点滅点滅点滅滅滅滅滅滅滅
点点点点点点点滅点滅点滅点滅点点点点点点点
滅滅滅滅滅滅滅点滅点滅点滅点滅滅滅滅滅滅滅
点点点点点点点滅点滅点滅点滅点点点点点点点
滅滅滅滅滅滅滅点滅点滅点滅点滅滅滅滅滅滅滅
点点点点点点点滅点滅点滅点滅点点点点点滅点
滅滅滅滅滅滅滅点滅点滅点滅点滅滅滅滅滅滅滅
点点点点点点点滅点滅点滅点滅点点点点点点点
滅滅滅滅滅滅滅点滅点滅点滅点滅滅滅滅滅滅滅
点点点点点点点滅点滅点滅点滅点点点点点点点
滅滅滅滅滅滅滅点滅点滅点滅点滅滅滅滅滅滅滅
点点点点点点点滅点滅点滅点滅点点点点点点点
滅滅滅滅滅滅滅点滅点滅点滅点滅滅滅滅滅滅滅
点点点点点点点滅点滅点滅点滅点点点点点点点
滅滅滅滅滅滅滅点滅点滅点滅点滅滅滅滅滅滅滅
点点点点点点点滅点滅点滅点滅点点点点点点点
滅滅滅滅滅滅滅点滅点滅点滅点滅滅滅滅滅滅滅
点点点点点点点滅点滅点滅点滅点点点点点点点
滅滅滅滅滅滅滅点滅点滅点滅点滅滅滅滅滅滅滅
点点点点点点点滅点滅点滅点滅点点点点点点点
滅滅滅滅滅滅滅点滅点滅点滅点滅滅滅滅滅滅滅
点点点点点点点滅点滅点滅点滅点点点点点点点

点滅

林林林林林林林林林林林林林林林林林林林林林林林林林
林林林林林林林林林林林林林林林林林林林林林林林林林
林林林林林林林林林林林林林林林林林林林林林林林林林
林林林林林林林林林林林林林林林林林林林林林林林林林
林林林林林林林林林林林林林林林林林林林林林林林林林
林林林林林林林林林林林林林林林林林林林林林林林林林
林林林林林林林林林林林林林林林林林林林林林林林林林
林林林林林林林林林林林林林林林林林林林林林林林林林
林林林林林林林林林林林林林林林林林林林林林林林林林
林林林林林林林林林林林林林林林林林林林林林林林林林
林林林林林林林林林林林林林林林林林林林林林林林林林
林林林林林林林林林林林林林林林林林林林林林林林林林
林林林林林林林林林林林林林林林林林林林林林林林林林
淋林林林林林林林林林林林林林林林林林林林林林林林林
林林林林林林林林林林林林林林林林林林林林林林林林林
林林林林林林林林林林林林林林林林林林林林林林林林林
林林林林林林林林林林林林林林林林林林林林林林林林林
林林林林林林林林林林林林林林林林林林林林林林林林林
林林林林林林林林林林林林林林林林林林林林林林林林林
林林林林林林林林林林林林林林林林林林林林林林林林林
林林林林林林林林林林林林林林林林林林林林林林林林林
林林林林林林林林林林林林林林林林林林林林林林林林林
林林林林林林林林林林林林林林林林林林林林林林林林林
林林林林林林林林林林林林林林林林林林林林林林林林林
林林林林林林林林林林林林林林林林林林林林林林林林林
林林林林林林林林林林林林林林林林林林林林林林林林林
林林林林林林林林林林林林林林林林林林林林林林林林林
林林林林林林林林林林林林林林林林林林林林林林林林林
林林林林林林林林林林林林林林林林林林林林林林林林林
林林林林林林林林林林林林林林林林林林林林林林林林林
林林林林林林林林林林林林林林林林林林林林林林林林林
林林林林林林林林林林林林林林林林林林林林林林林林林
林林林林林林林林林林林林林林林林林林林林林林林林林
林林林林林林林林林林林林林林林林林林林林林林林林林
林林林林林林林林林林林林林林林林林林林林林林林林林
林林林林林林林林林林林林林林林林林林林林林林林林林
林林林林林林林林林林林林林林林林林林林林林林林林林
林林林林林林林林林林林林林林林林林林林林林林林林林
林林林林林林林林林林林林林林林林林林林林林林林林林
林林林林林林林林林林林林林林林林林林林林林林林林林
林林林林林林林林林林林林林林林林林林林林林林林林林
林林林林林林林林林林林林林林林林林林林林林林林林林
林林林林林林林林林林林林林林林林林林林林林林林林林
林林林林林林林林林林林林林林林林林林林林林林林林林
林林林林林林林林林林林林林林林林林林林林林林林林林

淋し

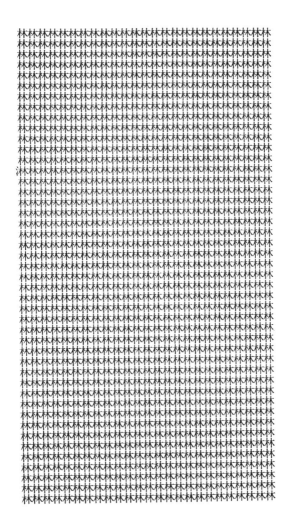

ＡＳＡ宣言書：１９７３

1. その詩は詩という「もの」である。
2. その詩は「詩」に強勢をおく。
3. その詩は「構想」を強調する。
4. その詩は言語固有の美の創造をめざす。
5. その詩は超国家的である。
6. その詩は言語の構造と機能の全体連関をめざす。
7. その詩は視覚と聴覚と意味の一体化したものである。
8. その詩は語や語の要素が視覚あるいは聴覚エネルギーの中心となる。
9. その詩は音素や語の音響そのものでつくられる。
10. その詩は瞬間了解の伝達方法をもつ。
11. その詩は表意文字の性質をもつ。
12. その詩は混成芸術ではない。
13. その詩は環境形成の手段として生産される。
14. その詩の世界像はわれわれが使用する言語に規定される。
15. その詩は空間文明時代の人間の宇宙的存在を意識する。

ＡＳＡ　芸術研究協会
（代表：新国誠一）
１９７３年11月23日
東京

署名者：
上村弘雄　藤富保男　鍵谷幸信　向井周太郎
清水俊彦　L.C.ヴィニョーレス　新国誠一

悪魔祓い

悪魔で悪魔で悪魔で悪魔で悪魔で悪魔で悪魔で
アクマデアクマデアクマデアクマデアクマデ
悪まで悪まで悪まで悪まで悪まで悪まで悪まで
アクマデアクマデアクマデアクマデアクマデ
あくまで悪魔であくまで悪魔であくまで悪魔で
アクマデアクマデアクマデアクマデアクマデ
あく魔であく魔であく魔であく魔であく魔で
アクマデアクマデアクマデアクマデアクマデ
あくまで悪魔であくまで悪魔であくまで悪魔で
アクマデアクマデアクマデアクマデアクマデ
悪まで悪まで悪まで悪まで悪まで悪まで悪まで
アクマデアクマデアクマデアクマデアクマデ
悪魔で悪魔で悪魔で悪魔で悪魔で悪魔で悪魔で

『刻《コク》』。『骨《コツ》』。『　』。

『刻《コク》』。『骨《コツ》』。『　』。

『刻《コク》』。『骨《コツ》』。『　』。

『刻《コク》』。『骨《コツ》』。『　』。

『刻《コク》』。『骨《コツ》』。『　』。

『刻《コク》』。『骨《コツ》』。『　』。

『刻《コク》』。『骨《コツ》』。『　』。

『刻《コク》』。『骨《コツ》』。『　』。

『刻《コク》』。『骨《コツ》』。『　』。

『刻《コク》』。『骨《コツ》』。『　』。

『刻《コク》』。『骨《コツ》』。『　』。

『刻《コク》』。『骨《コツ》』。『　』。

声家族

ババババババババババババババババババババババババババ婆
ハハハハハハハハハハハハハハハハハハハハハハハハハハ母
ココココココココココココココココココココココココココ子
チチチチチチチチチチチチチチチチチチチチチチチチチチ父
ヂヂヂヂヂヂヂヂヂヂヂヂヂヂヂヂヂヂヂヂヂヂヂヂヂヂ爺

さみだれ

さみ　だれさ　みだ　れさみ　だれ　さ　みだれ
さ　みだ　れさみ　だれ　さ　みだれ　さみ　だれ
さ　みだれ　さみ　だれさ　みだ　れさみ　だれ
さみ　だれさみ　だれ　さ　みだ　れさ　みだれ
さみ　だれ　さ　みだ　れさ　みだれ　さみ　五月雨
さ　みだれ　さみ　だれさ　みだ　さみ　だれ
さみ　だれさみ　だれ　さ　みだ　れさ　みだれ
さみ　だれ　さみ　だれさ　みだれ　さみ　だれ

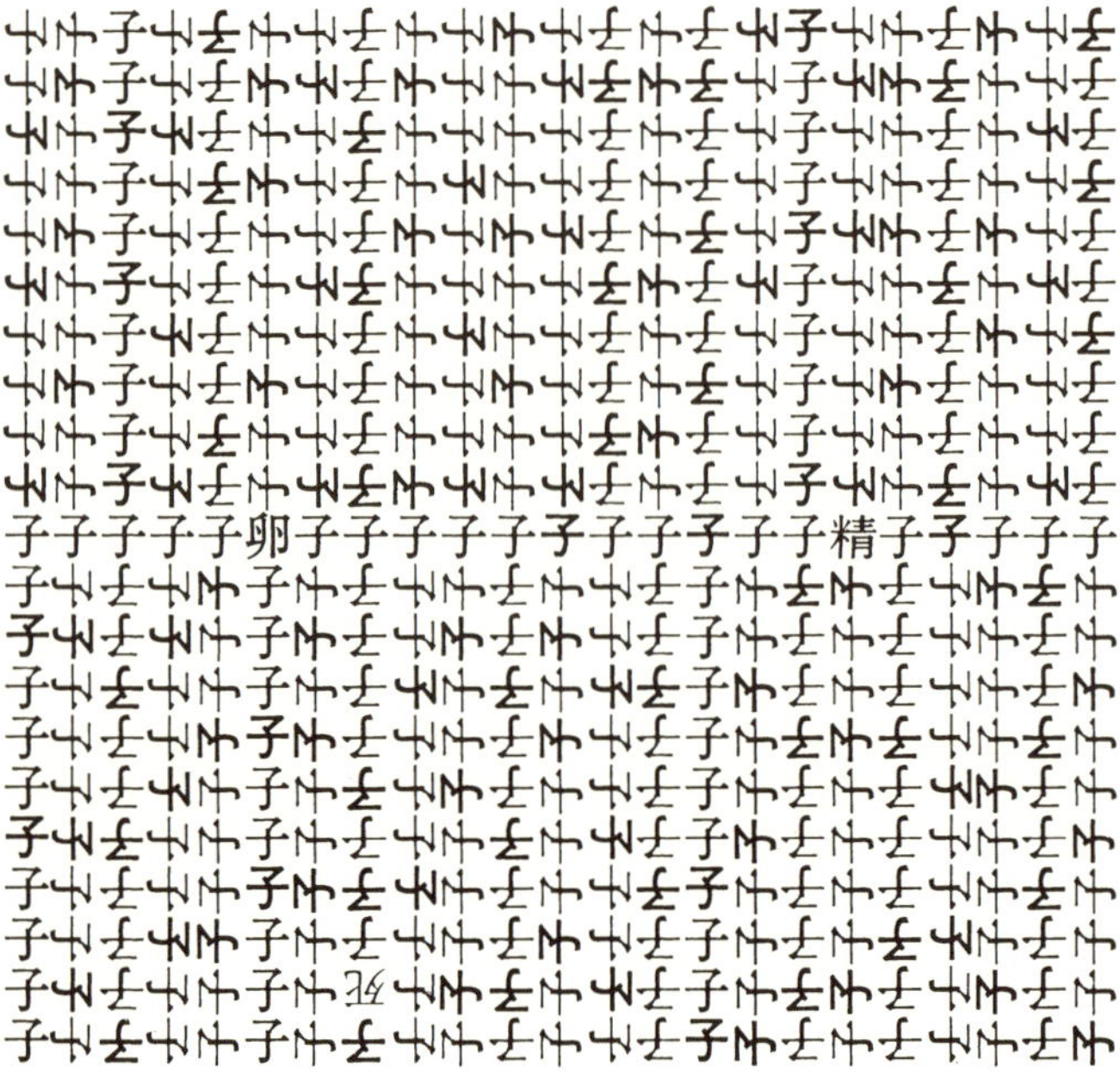

個体

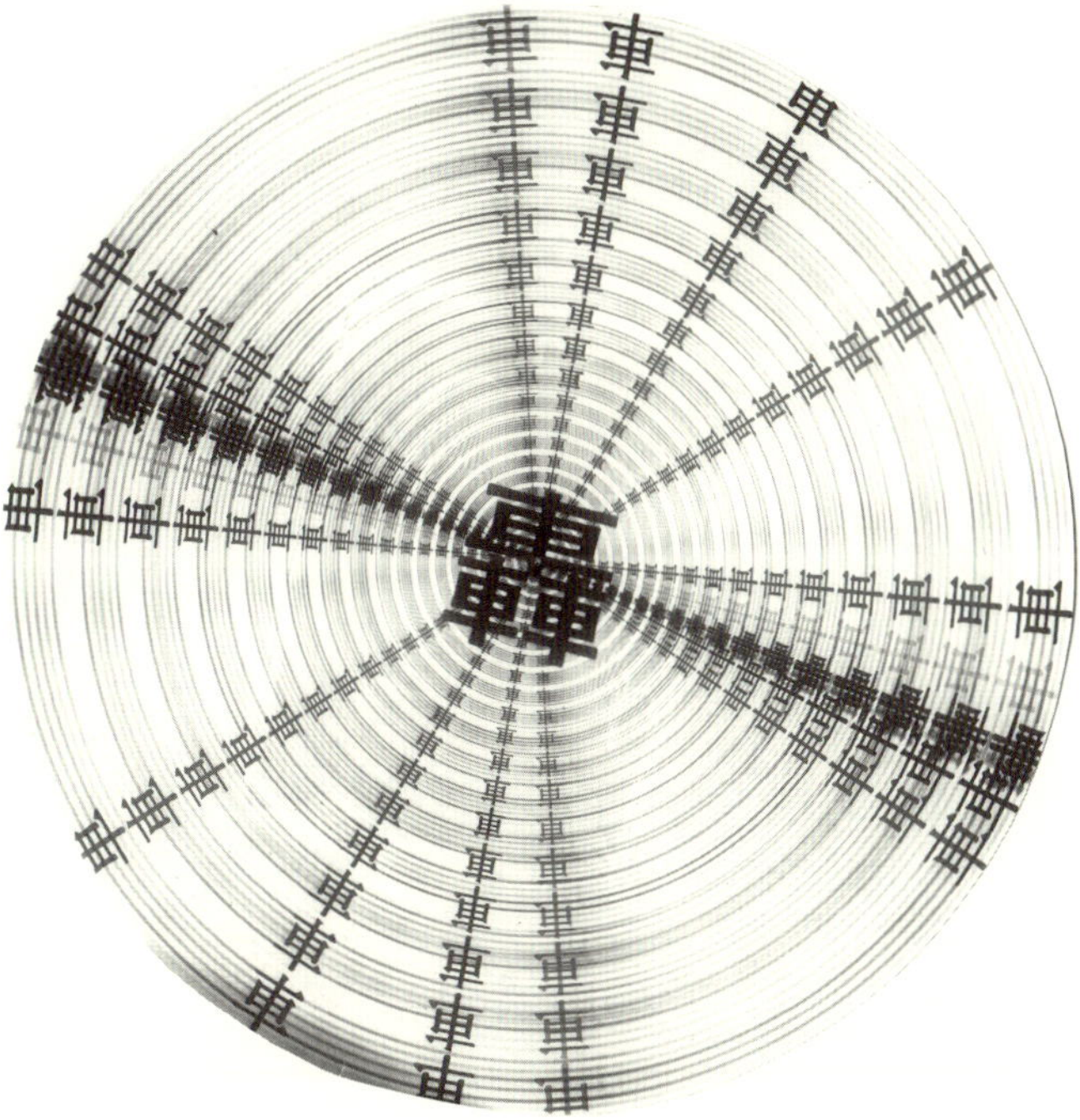

車

散文

現代詩とは何か

現代詩が難解であるといわれているのは、現代音楽や現代絵画がそうであるように、その方法が従来の芸術観とはちがった次元にあるからだといえる。つまり詩の場合には詩的思考の質的な転換がみられるわけである。

これは、他のジャンルの芸術にも共通することでもあるが、芸術イコール美といった概念が否定され、美にとって代った新たなリリシズムが芸術の内容をつくりあげるようになったからである。詩の場合、このリリシズムはもちろんポエトリイと呼ばれるものであるが、従来の詩が何をうたうべきかを詩の方法としたのにたいして、現代詩はいかにうたうべきかを詩の方法とした点でそこに創り出されるポエトリイの次元が異質のものとなったのである。この場合、詩の方法といったものは当然詩の内容と関連してくるものであり、さらには詩的思考にまで関連するものである。現代詩が、いかにうたうべきかという命題をかかげると直ちに詩の形式や技法の問題だけに限ってしまいたがるが、実は詩が散文と区別されるのは形式よりもむしろ内容であるという点で、内容つまり詩的思考のカギが表現としての形式を規制するものであることを忘れがちである。しかも、うたいあげられるその内容が、従来のより旋律的な美感や調和感、さらには透視図的な空間性をともなっていたのにたいして、より不協和音的になったことであり、不安定な視覚と空間性、さらには空間的時間や時間的空間をともなうようになったことである。つまり詩は空間におけるオブジェと同じ性質を持つものとなったのであり、またそのオブジェは任意の時間につつまれた存在にとってかわったのである。

詩が詩としての本来の意味をもつのは、いわゆる詩のことばのもつ意味ではない。詩の意味という場合、それは存在の意味なのであり、存在への直覚を意味する。ことばはしたがって内奥の人間存在の原型に通ずるひとつのキッカケにすぎないのである。従来の詩が自然と人間とのリズミカルな調和を信じてうたいあげたいわゆる美的なリリシズムは、いわばより主観的なものであって、たとえそれが人間存在の原型に接触できたとしても、そこにある生の流れはきわめて習慣的便宜的なものでしかない。現代詩の発想の場は、こうした習慣的便宜的の流れを全面的に否定する場である。したがって人間の存在はより実存的なものとして把握され体験される。この実存の場に不条理を見出すとき、人間は生の流れの転換を体験するのである。現代詩の詩的思考の質的転換は、実はすでにここに胚胎しているのであるが、このような不条理の体験のなかにきわめて自然なかたちにおいて新たなリリシズムが生れでる可能性を内包しているのである。不条理の体験のなかにリリシズムが生れるということは、ひとつの不条理の感覚の体験であって、このような詩的体験は現代詩の大きな特質となっている。

詩はことばを素材とした芸術である。しかもことばは実用の道具であると同時に存在の住居でもある。ことばのひびきと外観——それらの時間と空間をこえて、抽象的観念や視覚的、聴覚的イメージにむすびつけることばの機能、実用としてのことばの背後にひそむことばの機能の探究こそが詩本来の目的である。ことばが詩的体験として詩のなかにいこまれたとき、ことばにはもはやその表象すべき機能は消滅し、そのことば本来のもつ予期しないきわめて自由な機能があらたに展開されるのである。このようにことばのみかけの枠をはみだして自由に変ぼうすることばの機能が、ともすれば狭さくされ、埋没される生の流れを恢復するとともに、新鮮な生の体験の結晶をさしだしてくれるのである。こうして行方不明になった自己はふたたびその所在をたしかめられる。そこには瞬間ではあるが生へのよろこびがある筈である。それは虚しさを虚しさのままとしない人間の自由感と生命感である。

現在詩は詩本来のことばの機能の探究にその未来を創り出してゆくものではあるが、同時に人間の現実存在にたいしても、きわめて強烈な照明を投げかける結果となることも忘れてはならない。しかし、それにもかかわらず詩はそれ自体で存在するものであることも否定できない。その意味において、現代詩もまた無償の行為のひとつにほかならないことを認めなければならない。なぜなら、詩とはなんらかの結論や、目的のためにかかれるものでなく、また生れでるものでもないことも、また事実であるからである。現代詩それはひとつの可能性にほかならない。

(「文芸東北」5巻1号、一九六八年二月)

詩について:詩集『0音』補遺

きみは「ことば」を信じているのだろうか? きみにとって「ことば」とは、どのような存在なのか? たしかに、きみは「ことば」を読み、話し、書く。箸を握る手のように、歩き出す足のように「ことば」はきみにとってきわめて自然なものだ。だから、ことばはきみにとって、もはや五官の一部となっているとしてもなんの不思議もない。きみはことばを信じている。というよりも、いいかいきみのことばを信じている……はずだ。なぜなら、そのことばを信じないでは、きみはきみの存在を認めることができないからだ。いや、きみは存在するオノレを認めるために、きみ自身に話しかける——ワタクシは存在している——。それは空にむかって、犬にたいして、妻にむかって刻みつけることばでもある。だが、はたしてきみは存在しているのだろうか? きみは生きているといえるのであろうか? もし、きみがきみのことばをもたなかったら、きみは道ばたの小石にすぎないだろう。勿論、きみはそれを知っている。すくなくともM. Heideggerの「ことばは存在の住居である」(Die Sprache ist das Haus des Seins.)の意味するものが、なんであるかを知っているはずだ。しかし、ことばが存在の住居であるにもかかわらず、その住居が、いかに粗末で、貧しいものであるかということについては、きみは案外なおざりではなかったろうか? たとえば、「涙をこぼす」あるいは「笑う」ということばを、きみはどのような住居に入れようとするのだ。しかも、その住居は現実の大地の上に、たしかな存在として据えなければならないのだ。

存在の住居と大地のあいだの断絶——とは、ことばの他有化、つまり疎外である。この疎外のただなかに投げ出されているきみや、私の存在とは、言ってみれば、M.Heidegger のいう「世界‐内‐存在」であり、Jean-Paul Sartre のいう人間存在の存在論的構造としての《être-dans-le-monde》なのだともいえよう。これがいわゆる、詩人の状況(situation)なのだ。だが、きみは、ことばの疎外という状況のなかで、生きなければならない。いかに粗末で、貧しい存在の住居であっても、きみはやはりきみの生きる証しをつくるために、その住居を使用するだろう。しかも、きみはその存在の住居であることばなしには存在しない。きみは、ことばと共にあるかぎり、他のひとびとと共にある。きみはそう信じている。だからことばを信じているのではないか。

詩人の状況はだから、きみのものであって、同時に彼のものでもあることばのなかに投げ出されていながら、存在可能としてきみ自身を前方に投げかけることなのだ。だが投げかけるためには、きみのことばの疎外の状況を解放しなければならない。そこには当然のことながら、必然性と可能性というきみのことばを生み出す、二つの契機があるはずだ。

たしかに、この二つの契機の統一なしには、人間の現実性(主体の奪回)はありえない。人間の現実性といったが、それはたとえてみれば、《ことばの Dasein》ともいうべきものなのだ。きみ自身の現存在は、きみ自身のことばなしにはありえない。ということは、きみにとっての現存在は、当然、知覚や意識についての表象と連合するきみ自身のことばによって認識される以外にはないということではないか。きみの知覚や意識はことばを通して存在に立会うことができるのだ。

ところで、このようなきみ自身のことばとか、私のことばとかいう「ことば」とは、一体なんであろうか。ことばが、日常用途の一実用品であり、道具であることには、別にきみも異論はないだろう。私の場合、ことばを物質的現実性を帯びた独自のモノと考えるが、それは道具のように有機的な手ざわりのよい形あるものというよりは、matière そのもの、道具を構成している機能であり、その材料という意味なのだ。つまり、ことばの音響性、視覚的な形態性、それに意味の伝達性をさしている。きみは Pierre Garnier が "MANIFESTE" のなかで、《ことばは原素だ。ことばは物質だ。ことばはオブジェだ。》（Le mot est un élément. Le mot est une matière. Le mot est un objet.）というとき、それは私のいうモノと、ほぼ同じような次元に立っていることに気付くだろう。また、Luiz Angelo Pinto と Décio Pignatari が、New Language, new poetry のなかで、「どんなもの（object）でも、要求と機能によってデザインされ組立てられなければならない。現代工業のこの基本的な原則は、ただこのような伝統的に配慮されたものにだけ適用されるのではなく、その他の《モノ》たとえば、ことばのようなものにまで拡げられるだろう。この意味で、詩人とは、デザイナーであり、つまり言語デザイナーなのである。」といっていることは、おなじようにことばをモノとして考えていることには変わりはないが、ただ、私や P.Garnier とちがって、ことばはあくまで、道具としての material であり、その道具は現代工業の生産に組み入れられた good design の原則によらなければならないという考えなのだ。

この判断の是非については、きみに任せよう。いずれにしても、私たちが、ことばを物と考えようとしている出発点がなんであるか、わかってもらえたと思う。

私がことばをモノと考えるということは、ことばをヒビキ（音声の Gestalt）、かたち（視覚の Gestalt）、意味（伝達の Gestalt）という分節化された部分品におきかえることができるというだけではなく、ことばの機能的総量が《言語記号》という物質的現実性を帯びるからなのだ。ことばは、私のことばであるにかかわらず、決して私のことばではない。ことばは、つねに遠い存在であり、存在の延長なのだ。血の色は、とくに「赤」ということばを用いないでもよいはずなのだ。だから、ことばは現実にくみこまれたモノとしての《記号》の一種と考えることができるのである。したがって、ことばは人間の音声器官から出る音《オン》を使った記号であるし、ことばを行為として実現するものは、音声以外にはないとすれば、ことばの音化は完全な〝具体的〟な存在と考えられるわけだ。音声がことばの実現であるのにたいして、書かれた文字は言語記号、または音声のうつし（転化）と考えられる。そして、このひとつひとつの音声という具体言語を通して、帰納された抽象的存在が言語記号なのだといえよう。いうまでもないことだが、一般にことば（言語記号）は伝達のためにあるのだが、詩にとってのことばとは、象徴によって実存から実存へ伝達理解されるための記号でなければならない。それはさきにも繰返し述べたように、私の Dasein を開示する signe なのだ。このめじるしは、私にとっては暗号であり、象徴である。だが、この象徴や暗号は、そのまま詩の意味と結びつけることはできない。たとえば、「意味」というひとつのことばにも最もありふれた三つの意味、つまり、サイン作用、表示作用、それに内包作用があると、Susanne K. Langer が述べているように、象徴が導く概念の表象と連合する、その仕方によって、一個または数個の象徴の意味は、きわめて複雑曖昧なものになるからである。このように言語記号にとって、意味や、象徴が曖昧性をもつのは、「記号」と「意味」、「概念」と「事物」の関係にひそむ曖昧さのためであるが、これは F. Saussure の「言語記号の恣意性」（l'arbitraire du signe linguistique）によって一応の説明はつくと思う。詩がこの《恣意性》を意識的、分析的に利用していることは、例えば、W. Empson が、「ことばのニュアンスが、たとえごく軽いものであっても、同じことばに二者択一的な反応をあたえる余地を示す場合には、それを「曖昧」と呼ぶことにしたい。」と述べていることからでもうかがえる。

ここで、私はきみの意見をききたいと思うのだが、言語記号のもつ恣意性とは何かということなのだ。なぜ、ことば（記号）と意味が一致しないのだろうか。きみに誤解されると困るが、私は記号の恣意性を否定するものではない。ただ、その根底にあるものは、それぞれの意味に対して、ただひとつの意味が必要だということなのだ。この「1対1対応」（'One-to-one correspondence'）の思考は、やはり私にとっての、ことばがモノとなる重要な契機のひとつとなっている。この段階で、ことばは裸形となり、完全な単語となるのだが、さらに凝縮してことばの核となる。W. Empson が "The Structure of Complex Words" のなかで、ひとつの単語は、それだけで人の意見を導くことができるとし、また、ひとつの単語はそれだけで「凝縮した意見」（compacted doctrine）となりうると指摘しているのは、私にとって興味ぶかいことなのだ。また、A. Korzybski が提唱する「一般意味論」（General Semantics）のなかで、彼自身ことばの多義性をその特性として認めながらも、「記号」は「意味」を前提としており、究極的には、「記号」＝「意味」というかたちをとっている。

これらは、いずれも私のいう「ことばの核」にあてはまる一面をもっているのだが、私にとって「ことばの核」とは、ことばそれ自身が本来もっている磁気のようなもので、それは事物のもついろいろの意味のなかから、とくにその事物の特性を抽象して「意味」に凝縮したものなのだ。だが、「記号」と「意味」の関係は、つねに必ずしも「1対1対応」の状態におかれているわけではない。なぜなら、「意味」が、それに対応する「事物」をもつ場合と、もたない場合があるからだ。詩のことばの「意味」には、むしろ、この対応する「事物」が見当たらない場合が多い。それは、事物というよりは、心理的なもの、知覚的なものであり、また metaphysical なものであるからだ。それは非物質的であり、無形であって、きわめて抽象的な世界である。にもかかわらず、ここにはきわめて本質的な生の混沌がある。例えば、それは、死の渕に潜在する不断にせめぎ合う意識の粒子であり、虚無に埋没しはてた意識のレーダーである。そこには、私にとっての生の秘密があり、きみにとっての生の秘密がある。詩の高度の言語活動が、この生の秘密と切り離せないところにあることは当然であろう。この意識の粒子にエネルギーをあたえ、光のように五体をさし貫くものこそ詩の本質なのだ。それは感動というよりも攪乱であり、閃光である。知覚と事物と意味の対話のなかで、未知のsymbolが瞬時に私の存在をよぎるのだ。

意識の粒子にエネルギーをあたえるものは、いうまでもなくことばである。しかも、《ことばのDasein》なのだ。私は、ことばの核を軸として、他のことばの核を配列する。当然のことながら、syntaxの檻は破られる。この場合、紙面の空間が心理的な繋辞となる。ことばの核とは、勿論「記号」に対応する「意味」である。だが、「意味」は対応する「事物」をそれと明確に指示することはできない。しかも、「記号」は、現実の模写では無論ない。のみならず、私の「感覚」は「事物」の性質と等質ではないのだ。だから、詩の形式がどんな構造をとろうとも、その意味する（心理的な）ものは、結局あるひとつの論理的なanalogyに依存するほかはない。そして、このanalogyの力が詩を意味するある事物に代わって象徴を登場させるのである。ことばがこのようにして象徴となるとき、詩にたいするmetaphorの機能をもつことができるのである。

これまでの詩の多くが、このmetaphorの安易な乱用の結果、本来metaphorとしてあるべき文脈のなかのそのことばを、ついには逐義的な意味をもっているように解釈させてしまうのである。この「色褪せた隠喩」(Philip Wegener)の容器に、新しい象徴を充塡するものは、当然新しい言語構造でなければならないだろう。「ことばの核」は、この新しい言語構造のtermとして提出されるものである。それは、新しい象徴や暗号の契機をつくるだけでなく、さらに連合して複合的象徴＋暗号となることができる。これらの象徴や暗号は勿論、「ことばの核」の意味機能と結びついているもので、さきに述べた意味や象徴の曖昧性との、ぬきさしならぬかかわり合いにあることには変わりはない。だが少なくとも、ことばの核は、事物や事象に直接結びついているものではなく、それらの概念をみちびく表象と連合しているひとつの象徴であり、暗号なのだ。ただ、象徴と暗号の連合の仕方の違いが、そのまま、きみならきみの主体の、私なら私の主体の違いなのだ。さらに、象徴は、主体を導くことによって、その事物をimageさせるが、暗号は主体にたいして、たんに、その事物を報告するだけに止まる。つまり、象徴には思考作用があり、暗号には感覚作用だけがあるわけである。termとしての「ことばの核」は、この両者の機能をもったもので、とくに、記号と意味（または意味されている事物）の「1対1対応」の基本形は、暗号としてのsign作用を強化しているだけでなく、さらに象徴との連合によって、より宇宙的な感覚を触発させることができるはずである。そこには、imageする力、そのものの放射があるだけである。この力点に、《ことばのDasein》が企てられる。それは、私にとってたえず詩の原点に引きかえすことでもある。それにしても、きみはなお、「ことば」を信じているのであろうか？

（「ASA」1号、一九六五年九月）

詩のなかの言語と写真

「ところで、もうこの運動も大分なるね。かれこれ二十年近いんじゃない。」

「今年で十八年目になるかな。国際運動がはじまって。」

「それじゃ参加している顔ぶれや、運動の方向も、勿論かわっているわけだろう。」

「そりゃ当然。」

「その辺をもう少し……」

「運動の直接の起源になったのは、三人のブラジル人のグループ「ノイガンドレス」派とスイスのゴムリンガーなんだが、ま、この二つの伝統が現在でも尾をひいていることになるわけだ。この創成期が一九五五年前後とすると、一九六〇年前後が第二期で、マックス・ベンゼ、ピエール・ガルニエが中心になる。ベンゼはドイツでのコンクリートの推進者で、「シュトゥットガルト」派の育ての親だし、ガルニエは一九六三年の宣言書で空間主義を唱えたフランスを中心とする推進者だ。ベンゼは、このところ機関誌「rot」の編集発行以外にはあまり目立った動きはないが、その代り傘下の詩人たちの活動が目ざましい。特に理論書や作品集の出版がさかんだ。ガルニエは拠点になっていた「文学」が書房の都合で休刊になった為、専ら私のところが発表の場になっているのが現状だ。」

「ブラジルの「ノイガンドレス」派や、スイスのゴムリンガーは、今でも作品など発表しているのかね。」

「いや、殆どみかけないな。「ノイガンドレス」派が一九六二年に、ペドロ・シストとエドガルド・ブラガを加え「インベンション」誌を編集したが、このうちのペドロ・シストの作品が今度の特集に応じてくれただけだ。ただし旧作だ。」

「ゴムリンガーは完全に沈黙したのかな。」

「いや新しい作品が見当らないだけだよ。現に本号に上村氏が訳出した「境界形成の手段としてのポエジー」でも一九六九年のものだから、まだまだ理論面では旺盛だ。ついでだが、この小論はなかなか示唆に富んだ面白いものだ。勉強になるよ。」

「そうか。ところでベンゼやガルニエのあとは……」

「第三期はわれわれだ。一九六五年前後になるね。ボリィ、ゲルツ、アリアス＝ミッソン、ド・ヴレ、ブラン、ヴィゴー、スパトラ、ソルト、ヴァロックス、サレンコそれに日本からも何人か……」

「なるほど。第三期が一番多彩だな。変化がある層だ。現在でも活躍しているわけだろう。」

「勿論そうだ。多彩だとか変化があるとかいったが、コンクリートの伝統に一番抵抗しているのも第三期なんだよ。」

「コンクリートの多様化が言われ出したのもその頃からなんだな。」

「第三期の抵抗がたしかに多様化に拍車をかけたことは争えないだろうな。でも、本来コンクリート・ポエトリィというのは基底になっている二つの伝統があるにしても、厳密には一人一人がコンクリートの定義を持っていると考えていいわけなんだ。その限りでは多様化の徴候をはじめから持っていたと言うことになる。」

「コンクリートに限ったことではないが、大体芸術運動と名のつくものは、時間がたつにつれて分派するし、多様化するものだと思うが、それがそのまま衰滅に向う場合と、逆に多様化が新しい発展の糸口になることがあるだろう。だから、その多様化のあり方が、一人一説はいいとしても、全く恣意的なものだったら意味がないのじゃないか。」

「多様化イコール恣意化じゃないんだ。私は少くとも、真のコンクリート・ポエトリィを考えるのだったら、網羅的、百科全書的な考え方は、もう今日のものじゃないと思っているんだ。抵抗も多様化もいい。しかし飽くまでコンクリートの共通の理念に真正面から立ち向うもの、或いは立ち向った結果であるべきだよ。」

「コンクリートの原理を簡約すると……」

「まず言語の素材面、記号素や音素に重点をおくことで、素材の構造自体が内容になるということ。次にこの素材言語または物質言語が空間座標のなかで、従来の線条的統辞法とは違った伝達の機能を果すということ。これはイデオグラムとかオブジェの機能をさすわけだ。」

「意味はどうなる。」

「記号素は最小有意単位と考えられるから当然意味がある――原素的な意味だな。しかし音素の方は、音声形態はあるが、記号内容つまり意味を持たない最小単位だ。コンクリートでは両者の立場が可能だよ。」

「なるほど。すると物質言語というのは、素材面に力点をおいている解釈なんだな。」

「そう。道具言語に対置するために物質言語といったわけだよ。」

「話をもどすが、コンクリートの原理に抵抗すると言うことは反動でもない限り、線条的統辞法をさらに徹底的に拒絶すると言うことだろう。だがそうなるとイデオグラムは当然、非言語的記号化の傾向になるのはなりゆきじゃないのか。」

「しかし、全部が全部そうじゃないんだ。百科全書的な考えで、あれもこれもと予期しない方向へ手をのばすのだっているんだよ。」

「写真とかイラストとか……」

「そう。」

「しかし見方によっては、言語に見切りをつけ、少くとも言語をのり越え、新しい詩を求めようとする強い否定精神みたいなものを感ずるがね。」

「言語をのり越えるなどとは言葉の綾さ。私はそう簡単に言語に見切りをつけられないね。そうだろう、われわれは言葉の中に住んでいるんだ。言葉のつきるところ、そこにはもはや、ものもなしだよ。」

「はじまったな。きみのマギ的言語観にはうんざりするよ。コトバ、コトバ、コトバ。」

「うんざりするといって笑っているんじゃないか。(笑) さっき、きみがいったように線条的統辞法を徹底的に拒絶すれば、素材である言語記号まで拒絶することになるのは確かだよ。空間座標のなかで、語と語の連結形態を読めとは、イデオグラムとして見てくれということなんだからな。だからどうしてもオブジェやゲシュタルトと受けとれやすい。絵を見るような見方、理解の仕方に近いわけだ。表意文字や象形文字に元来そういう要素があるのも大きな原因だし。統辞法を拒絶したコンクリートが言語記号よりも非言語的記号に誘惑を感ずるのは、私なりに分るんだ。」

「その非言語的記号の視覚性に焦点を合わせたものが「視覚詩」のように思えるが。この特集にも、写真(ゲルツ、ド・ヴレ)やイラスト(ブラン、メネゼズ、フィンチ)、を使ったのがあるね。しかし、どれも文字が入っているのは面白いな。やっぱり詩人なのかな。ま、きみの編集だから、完全に非言語的な記号の作品は載るはずはないものな。(笑)」

「私はなにも非言語的な伝達の要素を詩から排除しようとしているんじゃないんだ。ただエドワード・サピアが「多くの人が正しいと思っている、言語なしに思考し、推論さえできる、という考え方は幻想である」といっていることを強調したいだけだ。詩の伝達とか理解ということを考えると、あらゆる記号のなかで最も分りやすいのが言葉だ。写真とか映像の伝達は初歩的なものだし、つねに言語の補助的な手段としての役割しか果たしていないと思う。だからもし使うならば、日常の言葉の形式では現わせない視覚的な伝達を中心にするのが一番いい。勿論言語の補助的な意味でさ。」

「ゲルツや、ド・ヴレの作品はその解釈でぴったりだ。視覚詩というのはこういうのをさすんだな。言葉が入っても、入らなくても——」

「私は言葉が入っても、補助的な意味や、単なる修飾として入っているものはささない。だから写真だけのものは視覚詩とは呼ばないし、どのように写したものでも単なる写真にすぎないから、写真詩とも考えない。」

「しかし、コンクリート・ポエトリィと視覚詩は同じものじゃないだろう。」

「コンクリートは本来は言語だけなんだ。語・音声・視覚の三次元的統一体——verbivo-covisualといっているが、この言語体を表意文字の新しい概念と見立てたので、言葉の実質だけは残ったが、むしろ表意文字性の非言語的コミュニケーションが強調されることになったわけだな。つまり、視覚的な詩が押し出されてきたわけだ。だから、特に視覚詩という概念は生れなかった。ところが、コンクリートのサウンド・ポエムが登場してからは、visual text——視覚詩とsound text——音声詩といわれるようになったようだ。」

「なにか、ガルニエが視覚詩を唱えたとかきいたことがあるな。」

「定義化して、はっきり提唱したのがピエール・ガルニエだ。空間主義のなかで分類してるよ。音素詩もこのときのものなんだよ。」

「ガルニエの視覚詩もコンクリートから生れたもんだろうと思うが。違うのかね。」

「もっと物質的、物理的ということだな。「語や語の要素をオブジェまたは視覚的エネルギーの中心と解釈する詩」というのが空間主義の視覚詩だ。」

「そうすると、ガルニエの定義の方がコンクリートよりも枠が広いな。ただ、語や語の要素というと、現在の視覚詩は意味が大分違う。これが抵抗か。否定精神というわけだ。」

「なにが否定精神だよ。実際のところ、語や語の要素を否定して、ノンヴァーバルな記号、写真みたいなものだけで視覚詩と考えるのはデタラメだよ。写真でも映像でも全くの言葉の補助なしには、完全な伝達はおぼつかないし、意味だってそうだ。」

「しかし、ジュリアン・ブランの「自画像」は、AもBも言葉以上によく分る気がするな。Aの水生昆虫の太鼓打属のイラストは、一見してブランが自己比喩として使っていることが明瞭だし、Bも、ジャック、キング、クイーンでトランプの確率性に自分を賭けようとする寓意があると思うが、どうだろう。」

「Aは完全にイラストだけじゃないので必ずしもいい例とはいえないが、この場合太鼓打属の辞書の定義に文字よりもイラストが優先することをいいたいのだろうし、そうすると、イラストは表意文字の機能を持つわけだ。いや信号みたいなものかも知れない。たとえばブランは手紙や封筒によくこの太鼓打属のイラストを使っているが、他のアルファベットの手紙のなかで、一見して区別がつくことはたしかだ。Bの方はしかし、曖昧だな。確率性にしろ、偶然性にしろ、これから彼を考えることは先ず難しいね。実はAの太鼓打属だって、私なんかはどんな昆虫か知らないんだからな。AもBもだから、きわめて個人的な非言語的体系を持っているわけだ。コード化されているが記号素どまりなんだ。第二次分節化ができない。内容が固定していなければならない。状況が一定していなければばならない。伝達が単一方向でなければならない。というわけで、多くの共通事項が欠けている。写真にしろイラストにしろ、見かけの刺激は強いが、ただそれだけで後に内容が残らない。内容の確認と、それをうけとる側で内面の屈折化が行われなければ、つまり的確な方向づけがないのでは想像力も共感も、まして詩なんかが生れるわけがない。万事分ったような分らないような曖昧な気分の共有だけで終るのが落ちだ。」

「またしてもコトバだな。(笑)たしかに非言語的記号の体系は無体系だよ。記号素どまりのコードというが、つまり一つ一つが独自の意味価値をもつ単位の連続というわけで、言語のような自律性はないのかも知れないな。だが、しかしだ、にもかかわらずノンヴァーバルな体系もなかなか捨てたもんじゃないと思うんだな。」

「もっと話したいのだが、時間がないのでこの辺でやめるが、ま、とにかくこの特集をよく見て欲しいな。そして、きみにもじっくりと考えてもらいたいんだ。」

(「ASA」6号、一九七三年四月)

メタファーのこと

「メタファーだよ。詩はメタファーだよ。」

少しの間をおいて、こころもちうつむき加減の姿勢で西脇氏が答えた。それは自分自身にいいきかせるようでもあった。確信に満ちた言葉でもあった。「詩の本質はなんでしょうか。」、これが私の質問であった。

私が西脇氏にお会いしたのは、このときがはじめてである。那珂さんの『音楽』の受賞記念会の席であった。今から四年前のことになる。

だが、本当の最初の出会いは十六年前である。戦後再刊された『超現実主義詩論』を読んだ日である。もちろん、それまでに眼に触れる範囲での西脇氏の詩は読んでいた――困難なところもあったが面白かった。無邪気なカナシミがあった――が、詩論を手にしたとき私は非常な喜びと複雑な挫折感をいだいたことを、今でも決して忘れてはいない。

私の詩の出発は萩原朔太郎であったが、以来私が詩をつくり、詩を考えてきた中心には、たえずメタファーの問題があった。私の詩のなかに西脇順三郎が登場したのは、そして村野四郎もそうであったが、当然のことながらそのすぐれたメタファーのためである。ある意味で、私は、私のメタファーに絶望を感じたのかも知れない。同時にそこにメタファーの限界を感じたのである――いや、感じるように自分に言いきかせたのかも知れない。そこには私にメタファーそのものに決意を迫らせるなにかがあったのである。

西脇氏によれば、「詩はメタファーである」。メタファーは表現の対象を有効に表現する方法であり、それは自然主義と超自然主義のメタファーに分けられる。超自然主義のメタファーは対象を表現するのではなく、考えられた対象を破ることを目的とするので、当然自然主義のメタファーは消滅する。この超自然主義のメタファーの事実上の発達はボードレールのイロニー説からきているのだが、これはブルトンを通じてニシワキ＝シュルレアリズムに転化し、メタファーをつくるテクニィクとなる。このメタファーはここではイロニーとしての「関係」や「結合」ともみることができる。「詩の世界は関係的である」「詩は異ったものが一つのものに調和された関係である」「あらゆる連想をさける関係が詩的関係である」。この「関係」は「メタファーをつくるテクニィクは心象の結合である」へ、さらに「「想像」することは、イデーの結合である」と一転する。

もちろんこれらの背後には、ベーコンやマラルメを増幅器とする電源に、ドクター・ジョンソンの「出来るだけ異種の心象を乱暴に結びつけたもの」「最も異る種類のアイデイアを暴力をもって結合する」とか、コウルリッジの「反対の性質をもった心象が調和し平均するところに詩の創造の力が表われる」という装置があるのだが、最終的には、ボードレールのイロニー説に回帰する。

私が西脇氏の詩や詩論に感じたメタファーとは、どれほどまでに氏がメタファーを己の信仰としているのだろうかという疑問であった。それは自明のことであったかも知れぬ。しかし、メタファーというすぐれた蕃刀を手にしたとき、西脇氏の「土人」は無や永遠さえも甘美な幻影と化してしまうのに、その手にしたメタファーという武器の虚しさを感じはしなかったのだろうか。「人間の存在の現実それ自身はつまらない」と言いきる氏が、メタファーの虚しさを感じなかっただろうか。「詩には実体がない」と言い、さらに「詩はゴマカシである」と居直るとき、そこにあるものはいぜんとして現実はつまらないものなのではなかろうか。

西脇氏の詩の世界は天衣無縫決して単純なものではない。とくに詩論は困難な詩である。詩も詩論も決してその全貌をみせはしない。のみならず、それらは変転して止まない。私は見事なドグマに魅了される。いや毒気に当てられたのかも知れない。西脇氏は私にとってはモンスターである。私は自分を槍をかかえたドン・キホーテになぞらえてみる。チョコザイナ……そんな声を気にもしないで、今日まで詩をつくってきたのだ。

私が現在取組んでいるコンクリート・ポエトリィの仕事は、その出発点にメタファーの止揚があった。そこに言語そのものに注目する動機も生れ、メタファーよりもアナロジーに詩の本質をみようとする姿勢が生じたのである。その意味ではメタファーは私の詩の揺籃である。
私が西脇氏の答のなかに見出したのが、奇妙な安堵と複雑な不安であったとしても、何の不思議なこともなかったに違いない。

(「無限」27号、一九七二年七月)

作品論・詩人論

矩形のフィールドに立つ詩人

建畠 晢

　詩人たちと美術家たちがイズムを同じくした熱い日々は、もはや遠い過去のものである。今なおダダやシュールの思想的な命脈は絶えていないにしても、それはことさらに異なったジャンルを横断的に結び付ける前衛運動として意識されるようなものではありえまい。おそらくは六〇年代のフルクサスのメンバーの活動を最後に、ジャンルの枠を越えた運動の旗を振るというような大きな夢を抱くイデオローグはいなくなってしまったのだ。

　フルクサス（Fluxus）という名称は、その点でも、つまりアイロニカルな意味においても象徴的であるといえよう。語源は流体、流動の意のラテン語だが、それは結果的に前衛運動のジャンルを越えた求心的な力学の終焉を告げる言葉となってしまったのだ。ハプニング的な公開イベントやメール・アートなどによる諸ジャンルの流動的な状態は、まさしく一過性のユートピアとして流れ去ってしまう運命にあったのである。

　サイバースペースはあらゆる情報が渦巻く巨大な星雲をなしているといわれるが、それはヒエラルキーなきカオスとしてであって、必ずしも横断的、融合的な方向性と重なっているわけではない。美術評論の傍ら細々と詩を書いている私のような立場からいえば、近年の状況はむしろ逆にジャンルの分断と囲い込みが進行しているように思えるのである。

　視覚詩――。かつては高揚した言挙げであったに違いないこの名称も、その後の経緯を見るならば、きわめて限定された領域での実験であったといわざるをえまい。コンクレティズムの厳密な教義はたしかに美しいが、しかし視覚詩はその詩としての本質を論じるにはなんとも困難な領域なのである。私たちに可能なのは、ただその形式を規定することだけなのだ。だからここでは、あえてつまらぬ地口を弄することにしよう。視覚詩とは、最も良質の部分においては〝四角い詩〟の謂いであると。新国誠一への、そう、この果敢なる運動家でもあった例外的な詩人に捧げるオマージュとして……。

新国誠一。矩形のフィールドに立つ詩人。文字による聖なる伽藍の建築家。そしてまたジャンル間のパサージュの喪失という純粋詩の哀しい宿命を引き受けたほとんど唯一の存在でもあった孤高の闘士——。

＊

新国誠一は、たしかに〝視覚＝詩〟という自明の理とも背理ともつかぬ詩のありように直面せざるをえなかった詩人であったが、しかし文字による伽藍を詩と呼ばれるしかない空間として構築しえたという点では、他に類例のない純粋詩人でもあった。もう四十年近く前になるのだろうか、東京の雪谷大塚のお宅を初めて尋ねた時、招き入れてくれた狭い書斎の片隅に、彼の代表作である〈川または州〉のプレートが無造作に立て掛けられていたことを、私は懐かしく思い出す。

当時の私はコンクリート・ポエトリーは美術と詩の中間領域といった程度のいい加減な理解しか持ち合わせていなかった。苛立たしくもあったであろうその門外漢の若者に、新国は超国家詩の理想を噛んで含めるように話してくれたが、いかに視覚性を問題にするにせよ、詩は混成芸術であってはならない、言語の固有の美から逸脱してはならないという時の語気の激しさには、いささか意外な思いがしたものである。考えてみれば、その頃の新国は、コンクレティズムの理念を曖昧化する造形詩的な傾向を嫌悪し、かつての盟友とも袂を分かって、リゴリスティックに視覚詩の運動を再編しようとしていたのであった。

新国の主催するＡＳＡ（芸術研究協会）と北園克衛のＶＯＵクラブとが対立に向かう背景や〝ノンヴァーバル〟な写真詩への批判を詳しく知るようになったのは、詩人の没後のことである。いずれにしても日本のコンクリート・ポエトリーの展開は、進むにつれて次第に確執を深めていくかのような新国のポレミックな姿勢と切り離して考えることはできないのである。

＊

さて先の〈川または州〉（一九六六年）の空間は対角線で二分されており、その上半分は川の字が、下半分には州の字が整然と碁盤の目状に並べられている。ほぼ正方形のミニマルな構成だが、正確にいえば、この二文字を同数に揃えるために、横よりも縦が一文字分だけ長くなっている。

この作品でまず着目すべきなのは川と州とが意味においても関連しており、字形的にも後者は前者に由来するという点であろう。(白川静の『字統』によれば、州は川の中のデルタ状の地形を象ったものである。)空間的には線と点の密度の差が正方形を二つの三角形に分割しているというリテラルな構成が、そのまま相互的な意味の段差をなしているのである。言い換えれば、見ることと読むこととが、同時的、一望的に、同じエレメントによって、どちらが優位ともいえない状態で喚起されているのだ。

文字の形象と意味が緩やかに呼応している象形文字の特質を利用したといえばそれまでだが、川と州の集合によってそれぞれの〝三角州(デルタ地帯)〟を形成するという、ナンセンスといえばナンセンスなリテラリズムは、整然とした幾何学的な空間の優美さに若干ユーモラスでもある意味の温もりを宿らせているといってもよい。

もう一つの問題は、文字の碁盤である。私たちが日常的に目にする文字は、ほとんどの場合、文字列をなしている。その習慣的な文字のありようを極端化したのがこの碁盤の目なのだ。縦方向にも横方向にも、二つの文字は申し分のない線行として連なり、ここでも私たちは見ると同時に定方向に読むことを誘発されてしまう。

しかし文字の密集した塊は、面としても認識されざるをえない。グリッドの構造は、その面を均質のものとして支配する。そこでは線行を追うのではなく、全体視の眼差しが要請される。その一望性を、読めてしまう個別の文字とその線行性が妨害する。読める文字の誘引力は強く、しかし面の存在も優位性を譲ることがない。結果として私たちは全体視と部分視、サイマルテーニアス(同時的、一望的)な面の広がりとシークエンシャル(継起的)な文字のありようとの挟撃にあって、眼差しをニュートラルなものにせざるをえないだろう。

逆説的にいえば、グリッドによる空間の制御とは、抑圧による解放なのだ。グリッドの均質性によって、視線の動きはかえってアナーキーなものであることを強いられる。そのことはしかし、視覚＝詩にとって負性の要素ではない。絶えざる視線の運動は、矩形のフィールドに、端正なたたずまいを維持したままに、揺らぎの感覚をはらませ、それを空間として賦活するのである。

＊

次に〈闇〉を見てみよう。これも『字統』によれば、闇は暗に同じで、もともとは廟門で行われる儀式に関する文字であるという。門の中の音と書くが、音とは目に見えないもの、視覚では捉えがたく、かすかに聴くことができるものをいう。つまり〝闇〟は「神のあらわれる」廟門の暗い静けさを形容しているのである。

新国にこうした字源の知識があったとは思えないが、期せずして会意による漢字の生成の位相を洞察していたことになろう。（そういえば新国の処女詩集の『０音』では、視覚詩は「象形詩」と称されており、「漢字のもつ象徴性を極限のユニットとして、モチーフを発展させたもの」と規定されていたのである。）

この作品の上部には〝門〟の字のグリッドが厳粛な矩形をなし、それが中央の一行で突如〝闇〟と化すのだが、この門がまえの中の〝音〟は、どうやら基底からささやかに響き始めた音が徐々に立ち上がって、廟門に到ったものらしい。どこか古都を思わせる厳かな無音の闇に、じっと耳を澄ませているようなたたずまいの詩とでもいえばよいのだろうか。

もちろんこれは純然たる視覚詩であって、彼の詩作のもう一つの重要な領域である音声詩（若い女性と共に「愛している」という言葉を繰り返し朗読するといった、テープに録音された音声詩の特異な官能性についてはここでは論じる紙幅がないが）に関わるものではないのだが、しかし同じ大きさの文字のグリッドと少しずつ拡大されていく文字列の共存は、無音の空間に潜在するミステリアスな音の気配を眼差しの中に自ずと意識させてしまうのである。

＊

さらにもう一つの注目すべき問題を提起しておかなけ

ればなるまい。新国の処女詩集『0音』が昭森社から刊行されたのは一九六三年であった。収録された作品は国内外の視覚詩の運動についてはなんら知ることがなかった仙台在住時代に制作されたにもかかわらず、〈子供の城〉や〈空間断面〉などにおいては、独自にほぼコンクリート・ポエトリー的な文字配列の空間性が獲得されていたといってよい。コンクリート・ポエトリーの名称は本来的にはマックス・ビルのKonkrete Kunstに由来するが、それが国際的な運動として認知されるようになったのは、デシオ・ピニャタリとオイゲン・ゴムリンガーが一九五五年にKonkrete Poesieの概念を共同提唱したことによる。（ちなみに名称自体としてはすでに一九五三年にスウェーデンのオイヴィント・ファールシュトレームが単独で『manifest for konkret poesie』を出版しているが、小部数のため、当時はほとんど目につかなかった。）

実作においてはゴムリンガーは紙面での文字の配置を「星座」（Konstellation）と称したが、これはおそらくマラルメの詩〈骰子一擲〉の文字の自立的な布置が〝星座〟にたとえられたことに由来する。

新国が詩の場所を白い矩形の聖域と見なすようになった契機もまた、〈骰子一擲〉の頁のありようを目にしたことにあったと推測される。マラルメのこの二十一頁にわたる最晩年の詩は、基本的には線行の記述を維持しながらも、それらを細かく分断して配置し、また大小の活字を用いることで、見開きごとに文字の〝星座〟を成立させているのだ。この星座（constellation）の概念が、ゴムリンガーらの戦後のコンクリート・ポエトリーの運動を触発したのだが、新国もまた独自の立場で星座的な空間の詩としての可能性を見出していたのである。

マラルメは〈骰子一擲〉のある見開きで「何も起こらなかったであろう、場をのぞいては」（RIEN N'AURA EU LIEU QUE LE LIEU）と記している。この「場」が「まさしく〈頁〉の成立に他ならない」（石田英敬）とするなら、頁が書物の中にあってなお自立した場＝フィールドでありうる可能性をマラルメは示唆していることになろう。さらに興味深いのは、上記のセンテンスが三つの行に分割され、他の行の中に離れ離れに紛れ込ませてあることだ。星座＝場を形成する星々（文字）が、自ら頁とは場以外の何ものでもありえないことを語っているわけである。（もっともフィールドに相応するフランス語はchampであってlieuではない。頁の概念に関わる問題がその違いに潜んでいそうだが、言及するのは別の機会に譲るしかない。）

ともあれ〈骰子一擲〉とは、場において先に述べたような一望性（星座）と継起性（線行の記述）とを相互的な状態として維持している名状しがたい何ものかであり、そのスリリングな謎が視覚詩の実験を誘発せずにはおかなかったのである。

新国の〈空間断面〉（初出はいかにもゴムリンガーら共同宣言と同じ一九五五年であった）もまた大小の文字が散在する星座的な空間であって、実際のところ、月や光などと共に星という文字が散りばめられてもいるのである。

星座とは一つの平面上に点として輝く星々を絵として結び合わせた図形だが、新国の場合は、そこにマラルメの〈骰子一擲〉と同様の文字の大小による一種の遠近の感覚を生じさせる場合があるのは興味深い。『0音』以降にも、〈大地〉（一九七〇年）や〈点滅〉（一九七二年）のように空間的な奥行きを感じさせる作品が散見されるのである。絵画的な意味での造形性と明確な一線を画したこのリゴリスティックな詩人にも、文字自体によって醸される空間的なイリュージョン（まさしく〈幻〉（一九六九年）と題された湾曲したボリューム感を強調した作品もある）なら積極的に取り入れるという一面があったのだ。

＊

私が新国を矩形のフィールドに立つ詩人に参列させるのは、彼が曖昧さを排して詩の空間性を直接的に志向した詩人であるからであり、聖なる伽藍の建築家と呼ぶのは、成功した作品にあってはその空間性が堅牢なる構築性を有しているからである。

だがなお彼の詩作は、諸ジャンルの間の直接的なパサージュが失われてしまっていることを前提とした孤独な戦いの軌跡であることを否定することはできないだろう。

それは新国の誇らかな矜持であり、また時代の要請を敢然と引き受ける意志の所産でもあったが、それゆえに彼の詩はある閉じられた回路を巡るしかなかったのも事実であるといわざるをえない。

詩人のリゴリズムを誤解しないために、最後に急いで付け加えておこう。彼のいずれの作品にあっても、ユーモアや官能的な要素が交えられていることは、見逃されてはならない資質である。たとえばパリの空間主義の詩人、ピエール・ガルニエとの往復書簡によって共同制作された〈ミクロポエム〉のシリーズの日仏の同義の一単語だけを組み合わせた詩などは、超国家詩の壮大な理想の実現というよりは、むしろ実にほのぼのとした遊びの精神の発露であったに相違ない。

（「現代詩手帖」二〇〇〇年四月号掲載の論考「失われたパサージュ」に大幅な加筆訂正を行った）

新国誠一の具体詩／コンクリート・ポエトリィの文脈

向井周太郎

一九七二年の初夏、新国誠一氏から丁重なお手紙をいただいた。同氏の主宰するASA（芸術研究協会）の例会で、ぜひいちどマックス・ビルの具体芸術《コンクレーテ・クンスト》の思想とオイゲン・ゴムリンガーの具体詩《コンクレーテ・ポエジー》との連関などについて話をしてほしい、できればASAの会員にもなってほしいのでお会いできないか、という内容のものであった。

私にとって、こうしてお会いしたのが、新国誠一と知り合うはじめての機会であった。そのさい、新国氏はすでに、私が一九五六年からドイツのウルム造形大学でビル、ゴムリンガー、マックス・ベンゼらに師事し、後にそのサークルで詩作の実験なども試みていたことをご存知で、私のマックス・ビル論やベンゼとヴァルター編の「rot（赤）」誌などに所収の私の作品にも目を通していて、それらについての感想から話をはじめられた。そして、私の詩想のとくに言語感覚に対して共感と好意的な評価を示された。

しかし、私がエメット・ウィリアムズ編の『Anthology of Concrete Poetry』(一九六七)で新国の「川または州」や「雨」などに印象深く出会いながらも、新国の作品や詩論やASAの活動について詳しく知ったのは、その機会からであった。国外にあって、新国が藤富保男やL・C・ヴィニヨーレスと出会う彼の活動の胎動期を知らない私は、とりわけ、新国が世界のコンクリート・ポエトリィ運動と出会う契機となった彼の詩集『0音』(一九六三)の、象形詩・象音詩という彼独自の試みをはじめて知ってその内発的な先覚性に衝撃を受けた。

その二つの革新的な詩法の概念の提起は、偶然にも、一九五五年にゴムリンガーとブラジルのノイガンドレス・グループとで共同提唱されたコンクリート・ポエトリィの方法論や同時代のピエール・ガルニエの空間主義の詩法概念とも合致し、しかもそれが日本近代のモダニズムの超克という内発的な新国独自の詩想から発するものであったからである。私はよろこんでASAに参加したが、しかし、それは『0音』刊行と翌六四年のASA発足から九年後のことと遅く、新国との交流は彼の急逝までの、そのわずか五年であった。

今から思えば、新国の日本のモダニズムの超克という内発性の思惟の源泉を——メタファーからアナロジーへ——という新国の問題意識をはじめ、言語学的な観点やメディアの特質などもふくめて、あらためて問う寛容な議論の時間がほしかったと悔やまれる。その『0音』の詩作のなかには、新国の作品として世界に最も衝撃を与えた一九六〇年代半ばの「川または州」、「嘘」、「皿と血」、「闇」、「雨」といった——私が「漢字の再表意化による多義の結晶」とよぶ——新たなイデオグラム発見以前の、なお日本のモダニズムを問う内発的詩想の多様な原(言)材料が秘められていると思うからである。

しかし、当時、同時に驚かされたことは、私が紹介するまでもなく、すでに新国編集の「ASA」誌二号(一九六六)から、野村太郎や清水俊彦の翻訳でベンゼ理論が掲載され、ことに三号(六八)、四号(七〇)、六号(七二)においては、上村弘雄の詳細な論考や翻訳でべンゼを中心としたシュトゥットガルト派の動向をはじめドイツのコンクリート・ポエトリィの状況やベンゼ美学やゴムリンガーの詩論などが紹介されていることであった。

それればかりか、「ASA」誌には一号からピエール・ガルニエの「新しい視覚詩と音詩のマニフェスト」やヴィニヨーレスの「ブラジルのコンクリート・ポエトリィ」(ノイガンドレス・グループその他の動向について)の寄稿をはじめ、新国とガルニエとの共同宣言「第三回空間主義宣言書・超国家詩のために」(二号)や、国際的な同時代の前衛運動や理論や詩作の動向がこの小冊子に毎回凝縮満載されていて、その新国の精力的な海外からの詩論の受容と国際的な制作・作品交流の広がりと密度にただただ驚嘆するばかりであった。しかし、その「ASA」誌の刊行も、私の参加後まもなく迎えた一九七四年ASA設立十周年記念の七号で終巻となるのである。

その記念号で新国とASAをともに設立した藤富保男が新国の話の引き出し役のような形でその十年の活動を振り返った対談と、その翌七五年の季刊詩誌「無限　第三六号」春季号に寄稿された新国の「コンクリート・ポエトリー十年――ASA成立とその展開――」という論述とが、私にとっては、とりわけ新国との間の歴史的空隙を充填するうえで、最も興味深い貴重なアーカイブのひとつであった。

藤富保男との対談で、新国が『0音』の「NOTE」に記したひとつのモダニズム超克の視点、詩の本質をメタファーと見なした西脇順三郎の見解への深い疑問とも関連する「詩におけるあらゆるメタファを断念」という問題提起との関係で述べられたと思う箇所で、つぎのように言っている「曖昧」ということばに、私は目を奪われた。「ウイリアム・エンプスンなどはメタファーのもつ効果を〈曖昧さ〉のなかに求めていますね。まあそれが言語の情緒的な意味なのですね。(中略) 曖昧さも勿論必要だとは思うんですが、内容の混乱したあまり個人的なコードしかない曖昧さでは困るのです。藤富さんの詩集に『正確な曖昧』というタイトルがありますが、この正確な曖昧がほしかったですね。」と。

私にはこのタイトルのことばから反射的に一九五六年

のウルム造形大学におけるトーマス・マルドナードの「視覚方法論」という授業のなかのメルロー＝ポンティの『知覚の現象学』、ベンゼの「美的情報」理論、ビルの「構造」論をはじめ、パターン認識理論、通信理論、言語論などを取り入れた「知覚」演習の主要なテーマのひとつが呼び戻された。そのテーマは「正確な不確かさ・曖昧さ」であった。しかも、偶然として興味深いのは、その藤富の詩集には「accurate ambiguity」という英語のタイトルもつけられていて、ドイツ語のテーマと内容はその「正確な」の他に「精密な、厳密な」という意味もふくむ「accurate」と「両義性や多義性」にもあてられる「ambiguity」とも全く対応するものであった。しかし、それはもちろん「詩制作」の演習というわけではない。

当時一九五〇年代に、二十世紀前半の哲学や自然科学をはじめ諸科学が開示した新たな世界像の知見を踏まえて、創造活動の先端でいっそう意識化されていたことのひとつは、世界を実在性と共実在性とのレイヤーとして記述あるいは創出していく試みであった。それは、物質としての物理的構造の世界の実在性とその構造に生起する現象としての世界の共実在性との関係性の問題である。言いかえれば、物理的な実在世界と知覚的な現象世界の関係。それは、根源的には物質と生命との関係の問いに発する問題でもあった。

その演習はラスターという語でよばれる——印刷の網点原理にも適用される——正方格子（グリッド）を構成原理として——しかし、印刷のように一定の具体的な画像を発生させるのではなくて——そのマトリックスを、厳密な規定によるミニマムな差異の形態素で組織的に螺鈿していくと、いったい何が生起するか、という言わば知覚現象の実験的な試みであった。いかに厳密で正確な物理的構成であっても、その微細な物的差異の構造の表層には、曖昧な不確かな、あるいは移ろう多義的な知覚の現象が生起してしまうのであった。

しかしこの試みが適用されたわけではないが、コンクリート・ポエトリィ発生初期の言語観は、言語素材——言語の記号形態・音声・意味——そのものの自律的な「関係」もしくは「構造」即「内容」の伝達という統辞法と言語の物質化・オブジェ化と、そしてパターン認識的な瞬時了解の伝達方法を新たな詩法の主要な原理のひとつとした。そのこともあって、六〇年代半ばぐらいまでのコンクリート・ポエトリィには、格子構造の正方形や矩形の面にアルファベット音声文字のいずれかを一定の選択規則で敷きつめたような作例がわりと多く現れていた。なかには文字を重ねたりすることで、音的・意味的作用を失った単なる視覚的な画像となって、まるでオプティカル・アートのなかの単に網膜応答を期待するような「詩」とはよびがたい作例も目についた。しかし、それらは、先の演習例に照らして、まさに「正確な曖昧」と言えるものであった。

先の漢字を素材とした新国の新たなイデオグラムの発見、あるいは独創的な発明ともいうべき「川と州」や「雨」など一連の作品の構想には、その時期から言って、「構造即内容」と「瞬時了解」といった詩法とともに、ノイガンドレス・グループのイデオグラム（表意文字）論の影響がすでに反映されていると思われる。それは、アーネスト・フェノロサの衝撃的な直観と洞察に富む『詩の媒体としての漢字』という詩論とそれを受け継ぐエズラ・パウンドの「イマジズム」の詩学などを背景としたものである。

一方で、マラルメの詩篇「骰子一擲」のコンステラシオン（星座的空間布置）の思想がゴムリンガーによって受け継がれているのであり、五〇年代に強く歩を踏みだした詩論や詩作の革命も、実は十九世紀末の転換点におけるフェノロサとマラルメという二人の詩人による伝統の解体にすでにはじまっているのである。

これらの出来事が西洋近代においてとりわけ重要であったことは「それらは、最も西欧的伝統の最初の決壊であった」というジャック・デリダの言葉によく言いあらわされている。それは、表意文字に対して優性とする、近代文明を可能としたアルファベット音声言語にもとづくロゴス中心的な形而上学や詩学の根底をゆるがす、まさにデリダの言う西欧の言語観や知の脱構築という近代を超克する西洋固有の内発的な事件であったからである。それはロゴスからイコンへ、まさに言語の生命的な根源性への遡行であった。そうは言っても、表音文字は表音文字であり、その遡行のためには、同時代におけるC・S・パースの――ロゴスとイコンをつなぐ――いまひとつの自然と言語の哲学、セミオティク（記号論）の建設を必要としたのである。そして、先の五〇年代の西洋の詩人たちは、ひとしくそれらを新たなポイエーシスの主な水脈としていたのである。それゆえ、西洋の内発性の問題から見れば、このような新詩運動がインターメディアのような芸術思潮の導火線となっていくのは、ひとつの必然であった。

しかし、漢字・ひらがな・カタカナ混用の表記体系や漢字の音・訓読み分けから、同一の声に多数の顔（漢字）が潜みひとつの顔に多数の声が賑わう諸感覚混成の、その正書法もない、ある意味できわめて詩的な他に類例のない日本語というメディアの特質は、西洋の音声言語にもとづく現代の言語学では、その複合的で微細な固有の合理の構造は摑めない。

たとえば、コンクリート・ポエトリィの主要な言語素材となった言語の二重文節――その第一次文節としての語のレベル（形態素）と第二次文節としての音のレベル（音素）――の問題にしても、日本語では、音素が母音以外は「カ＝k＋a」と子音＋母音で成り立ち、アルファベットのように日本語の表音文字のひとつでは表わせない。つまりひとつの表音文字に二つの音素がふくまれる。

新国の『0音』の音象詩における「う・む」や「マ・ツ・リ」という作品には、そのような日本語の表音記号に潜む初原音へのまなざしや「ワ」をはじめいくつかの作品には、ひらがな表記にカタカナを加えることで表音のカナ文字に同時に表意性や律動性などをもたせ、新たな次元で言語の身体性、その初源の身振りを再帰させるような試みも見られ、そこに作者の日本語固有の構造原理との対峙が窺える。日本語にオノマトペの多い由来の深層さえ見えてくるようだ。

一方、象形詩の試みは、漢字一文字で自立する語を空間に配置構成したものである。文脈なしに一文字の漢字語での構成は、「書」ではあり得ても、活字体の詩では革新的である。西洋言語の構造原理でいえば、第一次文節としての語（形態素）を素材としたもので、ゴムリンガーの詩法の原点と同じで、新国の海外交流以前の作として、このことにも驚かされる。しかし、この試みも日本語の固有性へのまなざしの投射である。視覚的なひとつの漢字ユニットを構成素材としながら、しかも、その詩作の「NOTE」には「読む場合には、音読すること」と記されている。これは明らかに「黙読」に対する「音読」の意味なのだが、ここでは、「音・読み」に対する「訓・読み」の意識も覚醒されて、空間と形象と声と輻輳的にゆらめく流動性が喚起されてくるからである。私が衝撃を受けたのは、こうした新国の内発的な先覚性であった。

このように見てくると、「漢字」は西洋の言語学的な意味で形態素と音素とに分節化するのは難しい。しかし、漢字は「嘘」や「闇」のようにいくつかの語に分節化させられる。新国の『0音』における日本語へのまなざしは、海外との交流後のこうした漢字の発想と容易に結びつく。一方、フランスのガルニエは表音文字によるイデオグラムの形成を語の面的積層だけに頼らず、空間をよぎる語の粒子や空間に煌めく音素のミクロな切断と変容の結晶のなかにこそ、新たなイデオグラム(表意文字)創発のトポスを求めた。新国の『0音』における言語の初源エネルギーへのまなざしが、そのガルニエの宇宙美学と出会ったときに、はじめて新国のガルニエとの共作『日仏詩集』や「ミクロポエム」のようないまひとつの記念碑的な美しい連詩の結晶が誕生したのであろう。新国の試みは日本語の意識下の薄暮の世界と新たなポイエーシスになお開かれている。

それにしても、新国の内発的な日本のモダニズム超克の問題は、西洋近代の脱構築という自省的な内発性の問題と思想的にも理論的にも、いったいどこで重なり、どこで交差していたのであろう。

(初出は『新国誠一の《具体詩》――詩と美術のあいだに』(二〇〇九年武蔵野美術大学美術資料図書館)収載、掲載にあたり一部改稿を行った)

ＡＳＡと書のはなし

砂田千磨

――砂田さんはもっとも活発なころのＡＳＡで新国さんと一緒に活動されました。メンバーがいちばん多かったときですね。当時は東京教育大学教育学部芸術学科の書専攻に在学している、つまり書道の学生さんでした。

書は小さいころから習っていました。小学校の先生も熱心で、よく褒められたためか好きでした。高校時代の書道教師が書の芸術性を熱く語る方で、とても影響を受けました。身近な上級生が教育大の書専攻に入ったこともあって、自分の道を簡単に決めた感があります。

でも考えが安易だったのか、入試に失敗してしまって。大きな挫折でしたけれど、絶対に教育大に行くんだと、他校の教員養成の書道などは受験もせずに浪人して再挑戦しました。そのころ女性の大学浪人は稀で、女の子なのにと母がいい顔をしなかったことを思い出します。

教育大に入学してみると、もちろん大学には気鋭の教授がいらっしゃって、先駆的な書論が展開されてはいましたけれど、現実社会に繋がると途端に因習的な書壇というものがみえてしまって、違和感をぬぐえないこともありました。

そこに講師として針生一郎さんがいらしたんです。お招きした大学にしてみると冒険だったと思いますが、私にとって針生先生のおはなしはたいへん興味深いものでした。芸術論の講義のなかで間接的な書の批判などもされて、とても納得したものです。もっとおはなししたいのにとても声などかけられず、どうしようもなく先生のお帰りの後を尾けたこともありました。

――その針生さんから新国さんのことを教わったんですね。

やっとの思いで手紙を書きまして、代田のお宅にうかがってはなしを聞いていただける機会がありました。そこで「ここに行ってみたら」と新国さんからの案内ハガキをいただいたんです。そのときに新国さんのことや具体詩についてもご説明くださったはずですが、まったく未知の世界であまり理解できなかったと思います。針生先生が応対してくださっただけで天にも昇る思いでした。それが新国さんへの入り口でしたね。

——ハガキというのは雪谷詩話会の告知ですね。

例会という呼び方をしていました。大田区の洗足区民センターというところで一ヶ月に一回くらいのペースで勉強会のようなことをやっていて。針生先生からのご紹介ですから、まず新国さんのお宅にうかがってご挨拶して、例会に出かけるようになったのはそれからです。

——針生さんは仙台のご出身で、仙台の作家のまとめ役のようなお仕事をずっとされていたので。

そうですね、新国さんももちろん仙台ですし、奥様の新国喜代さんも針生先生とはお若いころからご存知のようでした。

——それまで知らなかった新国さんの作品をご覧になっていかがでしたか。

はじめて目にしたのがどれかはもうわかりませんが、「雨」は好きでした。「闇」「窓」「的」「位置」「大地」あたりが印象に残っている作品です。イメージが浮かびあがってメッセージが伝わってくるもの、そのうえで抒情や美しさを感じさせるようなものが好きでした。

——ASAの例会というのは講師を招いて講義をするというスタイルですか。

私が参加していた時期でいうと半分が新国さんご自身で、半分がほかの方をお招きして。文学や詩にかぎらずいろいろな分野の潮流がテーマになっていましたね。言語学や哲学、心理学、デザイン理論とか、写真植字の技術的なこと、電算機の原理についてとか、文化全般についてあたらしい情報を話題にされていた印象が残っています。

——あたらしい知識をメンバー間で共有しようという。

もちろんどれも興味深いテーマですけれど、消化しきれるわけもありません。新国さんご自身もそう察していらっしゃったので、そのころの連絡のはしばしには、とにかくすべては実作の経験からはじまるのだから、とお書きになることが多かったです。知識は知識として、なによりもまず作品をつくりなさいと促されました。

――実際にＡＳＡの一員として作品を制作されて、発表することになります。

ＡＳＡに在籍したのは、休会している期間も含めて一九六八年から七四年まで六年くらいです。作品がなかなかできあがらなかったのか機関誌の「ＡＳＡ」への掲載は第五号だけ、ほかにＡＳＡの展覧会に二度参加しています。新国さんからはこんどはいつどんな展示があるから、ここまでに制作しろとか、まず下書きのようなものをみせてくれとか、例会のハガキにこまごまと指示や激励が書かれていました。

――砂田さんは本来カリグラフィの方でタイポグラフィがご専門ではないはずですが、最初は活字を使用されていますね。

具体詩を学んでいるわけですから、制作していたのはタイポグラフィの作品ですし、プリントもしました。メッセージやイメージを表現する際の手段がちがうだけです。新国さんからブラジルの「グラフィックスペース」を教えていただいたときには、書など東洋美学の「気の空間」と比較して西欧的な論理性に溜飲をさげましたし、「ことばはモノである」という定義も大学の上条信山教授の「書とは文字を素材としてこれを視覚化したものである」という定義と大きな違いはないと感じ、タイポグラフィとカリグラフィの差異に抵抗はありませんでした。技術的にはまったくの素人でしたから、周囲のデザイナーを頼って制作していました。「独楽」「生と死」「出発」など。でも、はじめて展覧会に出品した一九六九年の「記号律」という作品は活字の作品ではないんです。

――「記号律」は完全に書の作品とお見受けします。

書というか、毛筆で書いています。滲んでいて読めないけれど、いろはにほへとです。文字であっても意味だけを伝えるのではなく、全体として視覚に訴えかけるようなものを考えたのでしょう。その後、水滴をイメージした毛筆の「なみ・なみだ」という作品を展覧会に出していたりしますから、そのころ新国さんは毛筆だからダメということはなかったわけです。「記号律」というタイトルも新国さんに考えていただいたものなんですよ。私も試行錯誤でしたけれど、新国さんも書の可能性についていろいろさぐりながら、お考えになっていたんでしょう。

――新国さんはこの作品はいい、わるいというような指摘をされるのですか。

展覧会に出品する作品だけではなく、新国さんにはたくさんのアイデアをおみせしていて、もちろん激励されることもありますが、だいたいいろいろなことを指摘されます。

私は大学卒業のころから人間と文字の関わりや文字の発生に興味をもっていて、象形性がたかい古い漢字を多く書いていました。なにかのときに新国さんに毛筆の作品でイメージ表現をめざした象形文字の作品をおみせしたところ、はっきりだめだといわれました。

私としては文字をオブジェのように扱ったつもりでしたが、これは違う、これはだめなんだと。新国さんにもいろいろなご情況がおありだったでしょうし、私もはじめての個展の準備中で書の可能性の追求に熱心だったときでもあり、やっぱり作品は人からどういうものをつくれといわれてできるものではありません、という手紙を書いて、ASAとはそこで終わりになってしまいました。

メンバーだった梶野九陽さんも書をなさる方でしたが、ほとんど同じ発想で文字を図形化した線で表していて、そちらは発表されていましたね。無機質かどうか、という違いだったのでしょうか。

「ASA」六号が出たあと、一九七四年に新国さんは第三次ASAを出発させていて、そこにはまだ私の名前があります。たぶん私はそこまでしばらく休会していて、復帰したとき同世代のメンバーはみんな脱けていました。後半のASAはずいぶん顔ぶれが変わっているんです。

――砂田さんは周囲の書家の方をお誘いになったりせずにおひとりでASAに関わっていたんですか。

書専攻の、同志と思える友人には具体詩のことはよく話しました。新国さんのところにも、いちばん最初は書をやってらした風間さんという方と行っているんです。何度かご一緒したんですけど、ちがう勉強のために関西に移ったこともあってそのうちに来なくなってしまって。新国さんは風間さんにまた来るよう伝えてほしいと残念がっていました。ＡＳＡの展覧会も同級生に宣伝していたし、私を通して興味をもっていた人も多かったと思いますよ。

――ＡＳＡに書を活かすだけでなく、新国さんから得たものを書の活動に活かすという。

書への影響というのはかなりありました。ＡＳＡが終了したあとに私も「川」や「州」という字に取り組んだことがありますが、発想の段階では新国さんとちがっていても、象形性をイメージに取りこんでいく過程は同じだと感じるところがあります。

新国さんと、新国さんの世界から得たものは大きいですね。書というものは規制が多く、さまざまな枠を超えられない自分がいましたから。いまは、書であれ詩であれ、メッセージを表現するためには自分の最強の手段をつかうべきだと思っています。

――ＡＳＡには「詩」をやっているという自覚があったんでしょうか。それとも当時よくあった芸術家集団のような雰囲気でしたか。

全体的な雰囲気は、詩人のあつまりという感じではありませんでした。ご出身もいろいろで、グラフィックデザイナーもいるし、絵を描いていた美大の学生もいるし、それでもみんな「詩」という名前の作品をつくるんですけどね。

――新国さんご自身は詩人と名乗ります。

針生先生も、最初に新国さんのことを詩人と説明していたと思うんです。新国さんはヴィニョーレスさんやガルニエさんのこともはっきり「詩人」と呼んでいましたし、なにしろ具体「詩」、コンクリート「ポエトリー」がフィールドだったので、ある特定の場所に在している詩人というお立場を意識していたように感じます。いま考えると、そういう肩書きのこともふくめて革命家のような意識をおもちだったのかもしれません。

——奥様の新国喜代さんもよく「あの人は絵ではないから」とおっしゃっていました。

喜代さんは独立美術協会に所属していた抽象画家で、『０音』の表紙画も描いています。ＡＳＡのころ、雪谷のお宅にうかがうと、新国さんはいちばん奥の三畳くらいの狭いところにいらして、手前が喜代さんのアトリエになっていました。そのころは、喜代さんご自身の制作も活発でした。ご夫婦で絵と詩それぞれにわかれていたことも新国さんの詩人としての自覚に関わっていたかもしれませんが、おたがいに芸術家であるという絆は深かったと思います。

そもそも新国さんにとって、喜代さんは不可欠の存在です。ＡＳＡの展覧会のときは会場に喜代さんがいらっしゃって、あれをこうして、これをこうやってと活発に指示をなさるし、いらっしゃる方も喜代さんの絵の関係の方が多かったし、新国さんは地味な格好なんだけど喜代さんはすこし派手な目立つ雰囲気で、いつも会場の中心にいるような華やかさがありました。新国さんはストイックな方ですから、ああいうお仕事を継続することができたのは、すぐそばに明るくてエネルギッシュな喜代さんがいらっしゃったからこそでしょう。

——ＡＳＡは北園克衛さんのＶＯＵの対立項のように語られることがありますが、新国さんとのおはなしでＶＯＵが話題になることはありましたか。

新国さんと北園さんには交流もあって、メッセンジャー役を喜代さんが任されていたと聞いています。手紙とか資料とかをわたすためによく北園さんのお勤め先まで訪ねていたそうです。それでも新国さんが強い対抗意識をもってＶＯＵのことを話題にすることはよくありました。といってもそのころＶＯＵのみなさんは詩というより写真ばかりやっていらっしゃったけれど。

ＶＯＵのなかでも高橋昭八郎さんは新国さんに招待されて洗足の例会にもいらっしゃいました。当時は高橋さんと直接お顔を合わせる機会はあまりなかったはずですが、よく電話をかけていたおぼえがあるので、新国さんの絡みで知りあったんだと思います。外国の方から高橋さんに会いたいといわれることはとても多かったですね。
　私はイタリアでポエジアヴィジヴァ（視覚詩）をやっていらしたベンティヴォリオさん（Mirella Bentivoglio、新国誠一とアポリネールへのオマージュ「雨」という作品がある）という女性の作家と懇意にしていたんですが、彼女も高橋さんに会いたがっていたひとりです。ベンティヴォリオさんとの出会いは、新国さんがＡＳＡにこういう女性のメンバーがいるのでよろしく、と彼女に手紙を書いてくれたのがきっかけです。ベンティヴォリオさんは今年（二〇一七年）九十四歳で亡くなって、私はぎりぎりのタイミングで最後にお目にかかれなくて残念でしたが、何度もお会いすることができたし、日本で展覧会を開くこともできましたし、三人の娘さんたちともお付き合いできて楽しかったです。

――そういえばアメリカのサックナーコレクション（コンクリートポエトリー関連のアーカイヴ）に『新國誠一詩集』（一九七九）があるんですが、砂田さんがご寄贈されています。

　そうなんですか。おぼえていないけれどみんなで分担して送ったのかしら。サックナーさんは何度か接触があったので知っています。作品とか本とかを集めていらしたと思うんですが、そういうことも「ＡＳＡ」をご覧になってご連絡がくるわけですから、当時の刊行物の影響力は大きいですね。

――新国さんが亡くなったあとの情況をご覧になって、どうお感じになっていますか。

　ＡＳＡにいた方でも吉沢庄次さんや田名部ひろしさんのように新国さんが亡くなってからもずっと視覚的な詩を探求されつづけている方がいらっしゃるし、展覧会の機会もいくつかありました。やはり新国さんは何十年も継続するちからをもった関心事をお仕事にされていたんだと思います。
　最近になってからもブラジルからヴィニョーレスさんがおみえになったり、大阪と武蔵野美術大学で大きな展覧会があったり。その展覧会場で、むかしASAにいらした川崎さんという方と久しぶりにお目にかかりました。彼女も途中で脱けてしまってからは連絡もとっていなかったんですが、何十年か経っても気にしているから会場に来られたんでしょう、お互いに。当時もいまも、新国さんは気になってしまう存在なんです。

私の書の作品は、あるときの新国さんには受け入れられませんでしたが、新国さんからはじまったひろがりでドイツ、オーストリアやイタリアで多様な受け入れの機会を得ることができたのはうれしいことです。まだまだ満足のいく作品はできませんが。

(聞き手＝金澤一志)

(2017.10.5)

もうひとつの戦後詩

金澤一志

ASAはコンクリートポエトリーをめざして結成されたグループではなく、もともとは藤富保男と一緒になにかをやりたい、という新国誠一の素朴な動機から生まれたふたり組のユニットであるはずだった。藤富さんによると、

「ぼくの『正確な曖昧』という詩集を読んで、目をつけられちゃった」

ということらしい。

ASAがきまぐれに開かれる勉強会にすぎなかったころ、新国誠一は〈客観詩〉という用語を使っていた。視覚詩、音詩、客観詩が当時の三本柱である。コンクリートポエトリーの世界的なひろがりを知りはじめたころだから、意識してその反主観的・反隠喩的な特徴を取り入れようとしたのだろう。

もしも本格的にコンクリートポエトリーを参照するな

ら、客観詩なるものには主観から離れるかわりになにか絶対の法則、自然とか宇宙とか、世界を構成している定理を導入しなければならなかったはずだが、そこまで明確な方針にいたらないまま客観詩という分類は消沈していった。七〇年代にドイツのシュトゥットガルト派と接近したときが法則に重点をおいて客観詩を復活させる絶好の機会だったはずなのに、「大地」「淋し」などいくつかのドイツらしい情報美学的な作品が制作されてはいるものの、その後はどことなく法則に淡白になり、むしろ恣意的な構成にかわって、晩年にはヴィジュアルポエトリーの要素を増していったようにみえる。

反主観も、反隠喩についても新国誠一はつねに揺れ動いていたのではないかと思う。西脇順三郎に詩とはなにかと問い、詩はメタファーであると明快に応じられたときの逡巡は、日本のコンクリートポエット代表という立場と相克する心情をもっていたために生じた葛藤だ。

一九六〇年に東京国立近代美術館で「ブラジルのポエマ・コンクレート」展が開かれ、日本ではじめてコンクリートポエトリーの作品が紹介されている。展覧会はブラジルから邦楽譜を研究するために来日していたルイス・ヴィニョーレスが一九五八年に起案し、たまたま日本に滞在していたブラジルの美術評論家マリオ・ペドローザが日本側に提案することで実現した。

ペドローザが帰国に際して〈ここ日本では伝統にしたがうものも、それを否定するものも、すべて意識過剰ではないのか〉(「現代の眼」一九五九・一)と指摘した言に照らしてみると、新国誠一は両面にわたって過剰な意識をもっていた典型のように感じられる。伝統的抒情をはらんだことば遣いと主観を抜け出て物質視されることばとの落差について、折り合いをつける選択肢をもてずに最後まで〈その詩は詩という「もの」である〉と強硬に叫びつづけるのだから。

新国誠一は六〇年代の一時期に那珂太郎と交流していた。ジョン・ケージやコンクリートポエトリーなど海外の情報にばかり刺激された印象が強くても、当時もっとも心を揺らされたのは上梓されたばかりの詩集『音楽』(思潮社、一九六五)だったにちがいない。

ありあけの寄せくる波のさざなみの
藍のあやめもしらなみの想ひの空の
すだれの水晶の揺れの雪の花びらの
愁ひのうてなの薄むらさきの翳りの
鐘のこだまの風の髪毛の虹のながれ
の夏の泪の茱萸の実の燃えるいたみ
のいのりのいのちの透きとほる塔の
かがやきの闇の琥珀の香りの氷の繭
の幻のふるへのみえぬはだへの白桃
の遙けさのはげしさの光の燐の憂愁

（那珂太郎「作品C」詩集『音楽』より）

情感にあふれたことばをゆたかに織り、「の」によって導かれる眩惑的な映像のような進行、画面がひろがる下地には音楽的な構成がかくれている。ノイガンドレスが重要視していた「グラフィックスペース」を思わせる印象に新国誠一が反応するのは当然として、それ以上にコンクリティスムと日本語の干渉を解決してしまったかのような出来映えに衝撃をうけたことだろう。強硬な自分がもちえない柔軟な判断が那珂太郎にはあった。その姿に、選択できなかったもうひとりの自分の可能性をみていたかもしれない。

『音楽』は文字通り音楽的な構造を分析されながらたかく評価されたが、コンクリートポエトリーとの関連を論じられることはなかった。それどころか、那珂太郎は今後がたのしみだが具体詩とかいう連中と付き合いがあって心配だとまでいわれていた。ブラジルの領袖になぞらえて那珂太郎を〈日本のカンポス〉と呼んでいる新国誠一の胸中を想像すると、素直な賞讃が半分、もう半分はこのすぐれた詩人が自分にとっても無関係な存在ではない、だれかにそう指摘してほしいという間接的な承認欲求だったのではなかったか。

二十年の実質的な活動期間のうち、後半十年間の活動では新国誠一の眼は国外に向けられている。漢字の情報力を利用しながらイメージを絵画的に確定させるという方針は明解で、日本よりも圧倒的に海外受けがよかった。当時の海外からの視線には多分に東洋趣味や好奇心が含まれていたから、漢字をあやつる作家という認識には作品理解と無関係なところもあったが、そうだとしても結果として新国誠一の海外戦略は成功したというべきだ。それにくらべると前半の十年間、仙台にいたときの作品は海外のことなどまったく意識せずに制作されている――といっても、自閉していたわけではなかった。

五〇年代の詩誌「氷河」で忽然とすがたをあらわす漢字の反復配置は、活字ではなくガリ版だったことに多少の意味を与えたくなるけれども、このとき専心していたのはただ手法の確立であって、評判や反応を気にしてはいなかっただろう。意欲的な活動がはじまるのは現代音楽についての論考が雑誌に掲載されたころ（一九五九）からで、翌年に小規模な「氷河」から大部数の「文芸東北」に移っているのもその一環である。

それからの新国誠一は、東京を標的とする。〈仙台じゃ分って貰えない〉と不満をつぶやく地方詩人の野心は、十二音音楽から着想した「映像のための小品」四作、最近は世界中のアーティストによってパフォームされている音声詩の名品「作品9」、隙がなく完成している「作品ア」など、実験性に富んだすぐれた詩群をつぎつぎと生みだしていく。そして一九六二年版の『年鑑現代詩集』（思潮社）にいわば東北代表として選出されたあとに上京を決意する。

一方で、それぞれの手法は過激にみえても、仙台時代の作品にはどこか伝統詩歌の余韻が残されているようでもある。一定の反骨をしめしながらもことばの選択や扱いはおおむね肯定的で、ときに古色をおびて蒼ざめて視え／聴こえ、詩に叛乱を企てているようにはみえない。〈孤立の状態〉だったと吐露するような、仙台で適当な批評者をもてなかった状況が前衛のうちにも保守をもたらしていたのだろう。

新国誠一にはたどることができる参照点がいくつかあり、自らによっても説明されてきた。たとえば萩原朔太郎による韻律あるいは音楽性や、石川善助から草野心平につらなる活字記号の応用、それら、ときに「遊び」の詩として紹介される遊戯性によって近代詩を引き継いでいるとみることもできる。

たのしみ、おもしろがることはたしかに詩の要点であり、とくに眼や耳にはたらきかける詩では重大な要素になる。しかしそればかりが部分的に注目されると詩としての成立があやぶまれることにもなってしまう。新国誠一は他者の作品を批判するときに「ここには詩がない」という言いかたを好んだと聞くが、ここには詩がある、と証明するため、遊びではないことを強調するためには理論で見得を切らなければならなかった。

国際運動としてのコンクリートポエトリーには、理論としてのマニフェスト＝宣言文と実作品の組み合わせをセットにすることで超国家的な流通と理解を可能にした側面があり、新国誠一も国際ルールに準じたことになる。だがマニフェストを掲げることとは、日本の伝統ともいえる言語遊戯にうもれ、遊びの詩とくくられてしまう危険を避ける目的もあったはずだ。いきおいマニフェストの制定作業は長期間におよび、感情的な場になって、激しさゆえに離反するメンバーも複数いた。新国誠一にとってはそれほどまでに、マニフェストこそが自分の詩を国際的な芸術領域にとどめるための防波堤だったのである。

いくたびか上書きされた宣言書への執着はたしかに新国誠一とASAの特色になっているのだが、固執した理由は北園克衛にあるかもしれない。

「作品ア」「作品ワ」（一九六一）など、上京前の新国誠一の詩には北園克衛の「単調な空間」（一九五七）の影がみえる。のちに象音詩としてまとめられる音声詩は「ア」や「ワ」の状態が転変する様子を記述したもので、カジミール・マレーヴィチからインスパイアされ図形と色彩が跳梁する仮想空間を描写した「単調な空間」とは使われていることばの属性が異なる。しかし言語要素が配置された構成をみると、詩面の相似はあきらかだ。「単調な空間」は、ノイガンドレスからの依頼に応じて制作された作品である。日本語によるコンクリート、というイデオグラム的操作が重複してしまいかねない命題への解として、北園克衛は厳密さを捨てて日本語のあいまいな性質を活用した。ブラジルの初期コンクリートがただよわせていた古典主義的な教条性を逆手にとり、形式的な構造だけを踏襲した印象がある。

新国誠一がマニフェストに執着したのは、依頼に応じて名高い作品をつくりながらもコンクリートポエトリー自体には明確な賛否を示さなかった北園克衛の態度が遠因になっているだろう。詩を越えた詩をもとめるには目的や意図を明示し、必然を訴えなければならない、そのためにマニフェストを必要とした。それは共時代性をおびた思想的領域をおし拡げるための戦略であり、北園克衛がもちあわせていない要素でもあった。

終戦を二十歳でむかえた新国誠一の活動はいかにも戦後的にみえるけれども、戦前を知りつつ鎮痛のために強力な隠喩をもちいた「荒地」とはまったくちがう。もちろん社会や生活を思想的に取りこもうとした詩とも異なる。そうではなく終戦をスタート地点とし、ときに戦前の楽天的なモダニズムにも敵意なく接近することができた世代がつくりだした、芸術としての詩といっていい。ポストモダン的な顔立ちで、なかば必然的に高度成長期に開花したオルタナティヴポエトリー＝もうひとつの戦後詩。

詩ならざる詩、はたけ違いといわれて詩的評価から遠く離れたところで紡がれてきたことばたち、それらを一部でも思い浮かべると新国誠一が特殊な存在ではないことがわかる。

たとえば松澤宥、オノ・ヨーコ、塩見允枝子、菅野聖子、実験工房傘下の秋山邦晴や福島秀子、さらに松本俊夫の映像詩や、もちろんVOUやATTACKによる写真、音声、映像、オブジェまでを見わたす詩的活動、単発ながらナムジュン・パイクによる音声詩、昭和三十年代を中心にしてときにはことばを使わずに繰り広げられたそのような詩の観念を拡大せしめる作品群は、ことばの潜在力をさぐる実験であり、冒険でもあり、現在の事象にいまもなお直接むすびついている成果として、この時代に集約された〈泡立つテクスト の海〉(高橋昭八郎による)の豊饒をものがたる。

どこからでも容易に情報に接することができる環境になり、デバイスの画面上で読み、聴き、また書く時代にあって、詩はどうなっていくのだろう。ポッドキャストやゲームのような感覚で共有されていくとしたら、われわれは詩や文学をどのように捉え、たのしめばいいのだろうか。未来をめぐる不明へのヒントは「もうひとつの」成果に存分な質量が内包されているはずだ。

やむをえないこととはいえ、新国誠一の作品は検証よりも「詩か絵か」の論議を先行させてきた。またしばしばグラフィックデザインと対比されてきた。当然ながら生前の新国はデザインとしての詩を否定していたが、それは六〇年代のことだ。現代のグラフィックデザインはきわめて論理性が高く、数理的な判断を伴った哲学の様相を呈していて、もはや手技や感性の領域ではなくなっている。美大のデザイン学科で数学を必修科目とする動きがすすんでいるという噂を聞いても驚かない。そんな現代のグラフィックデザインは、コンクリートポエトリーの初期状況にところどころ似ている。

つまりいまならば「詩かデザインか」の論議が有効で、実際に周囲を見回してみると詩ともデザインともとれる、またはデザインによって詩でありえている、周到なことばの群れにわれわれは取り囲まれている。そんな現在には新国誠一のような、ここには詩がない、詩がある、という批評はとても通用しないだろう。越境者の作法も半世紀を経て書きなおされているのだ。

しばしば対抗意識を向けられていた北園克衛は、旧来の詩的抒情をかかえもちながらも反詩という手札を片方の手に用意し、権威を否定しつつ間断なくふりかざすことによって先鋭であることができた。新国誠一は現状と格闘しつづけたものの、詩の制度的な側面には抵抗しなかったようにみえる。新国にとっての制度とは社会的な構造を指すものではなく、自然現象に対立している「視る／聴くことの制度」という知覚の周辺を逍遥するものであり、つくり出されるものはもとより反詩たりえなかった。絵か、デザインか、やはり詩なのか、比較までが漢字のように反復しているあいだに、新国誠一は詩とはなにものかという根源的な問いかけを内在させた、至極正統な作品を遺したのである。

（2017.10）

一九二五年（昭和元）
十二月七日、宮城県仙台市北材木町七十八番地に生まれる。

一九五一年（昭和二十六）　**二十六歳**
東北学院大学文経学部英文学科卒業。

一九五二年（昭和二十七）　**二十七歳**
文芸誌「氷河」（編集発行＝奈良重穂）の同人となる。

一九五五年（昭和三十）　**三十歳**
十二月、「氷河」十号に「視る詩」二点が掲載される。

一九五九年（昭和三十四）　**三十四歳**
一月、「音楽芸術」に評論「現代音楽の理解のために」が掲載される。

一九六〇年（昭和三十五）　**三十五歳**
六月八日付けの河北新報に《画家、詩人》の肩書きで絵画論を寄稿する。このころ「氷河」を脱退して「文芸東北」の同人となる。
八月、「文芸東北」二巻九号に「映像のための小品Ｂ」掲載、同号にグラフィックデザイナーとして個人広告を打つ。秋の「文芸東北」二冊の表紙は新国誠一による抽象画で飾られた。

一九六一年（昭和三十六）　**三十六歳**
「文芸東北」三巻四号に「作品ア」が掲載される。

一九六二年（昭和三十七）　**三十七歳**
二月、渋谷晴雄が中心になり庄治直人、新国誠一の三名で同人誌「球」を創刊、八月までに発行された五冊それぞれに象音詩を発表する。
五月、第二十六回河北美術展に「作品パ」が入選、村井正誠などに評される。また第二十回ＶＯＵ形象展が仙台で開催され北園克衛が来仙。
六月、『１９６２年版・年鑑現代詩集』（思潮社）に「作品タ」が掲載される。秋に上京し日本橋のデザインスタジオ「シックデザイン」に勤務、同僚に吉沢庄次。
十月、画家・三浦喜代と結婚。

一九六三年（昭和三十八）　**三十八歳**

九月、詩集『０音』（昭森社）を刊行する。

一九六四年（昭和三十九）　**三十九歳**

正月、鍵谷幸信が自宅で開いていたカミングズ研究会（鍵谷、藤富、諏訪優、飯田隆昭の四名）に出席し、はじめて藤富保男に会う。その後《コンクリート・ポエトリィの基礎研究とその他の詩的実験の試行》を目的とするグループの立ち上げを企画、「芸術研究協会」という名称が決まる。英文表記「Association of Study of Arts」は藤富が定めた。エイエスエイと略称されていたが、いつからか周囲が「アサ」と呼びはじめ、次第にグループ名および機関誌名として定着する。

四月まで具体詩展の打ち合わせのため藤富保男と草月美術館、ドイツ文化センターをまわる。Ｌ・Ｃ・ビニョーレスと会う。

五月から六月にかけてアロルド・デ・カンポスの詩篇「屈辱通行」（Servidão de passagem, 1961）を邦訳、製本した冊子は具体詩展会場で頒布された。

六月十八日から二十日、草月美術館ホワイエ・ホールで「具体詩展」開催。

十月、ＡＳＡから藤富保男詩集『魔法の家』が発行される。装訂は新国誠一。

十一月、ケンブリッジのセント・キャサリンズ・カレッジで開かれた国際展（International exhibition of concrete, phonetic and kinetic poetry）に出品。

一九六五年（昭和四十）　**四十歳**

五月初旬、那珂太郎を自宅に招きテープ作品などを聞かせる。

七月、那珂太郎詩集『音楽』（思潮社）が刊行され読売文学賞、室生犀星詩人賞を受賞。受賞式に参席した新国誠一は会場で西脇順三郎と会う。

九月、「ＡＳＡ」一号が発行される。

十一月、ピエール・ガルニエと「第３回空間主義宣言書」を発表。

一九六六年（昭和四十一）　**四十一歳**

四月、ガルニエとの共作『日仏詩集』（poémes Franco-Japonais, collection Spatialisme）を発行する。

五月、銀座の画廊クリスタルで「具体詩展ＡＳＡ」が開催される。通称「ＡＳＡ展」の第一回展。

七月、「ＡＳＡ」二号が発行される。

一九六七年（昭和四十二）　**四十二歳**

フルクサスのサムシング・エルス・プレスから出版されたアンソロジー『Anthology of Concrete Poetry』（エメット・ウィリアムズ編）に作品が掲載される。

一九六八年（昭和四十三）　**四十三歳**

二月、「空間主義宣言書・一九六八」を発表。

三月から四月、ヨッヘン・ゲルツのオーガナイズによりチューリヒで開催された「イン・コンクレート」（In Concreto: Ausstellung konkreter Poesie）展に出品。

六月、「イン・コンクレート：視覚詩展」東京展が地球堂ギャラリーで開催される。

一九六九年（昭和四十四）　**四十四歳**

一月から三月、ミュンスター（ドイツ）のヴェストファーレン州立美術館で開かれた「第一回ドイツ・ヴィズエル・ポエジィ展」に招待出品。同時招待は北園克衛、上村弘雄、伊藤元之、高橋昭八郎。

三月、ブエノスアイレスで開かれた国際視覚詩展に出品。世界の重要な機関誌三十七誌のひとつとして「ＡＳＡ」が展示された。

一九七〇年（昭和四十五）　**四十五歳**

三月、芸術生活画廊で「今日のコンクリート・ポエトリィ展」が開催される。

四月、「ＡＳＡ」四号を発行、高橋昭八郎がゲスト参加。

七月、銀座の地球堂ギャラリーで「１９７０・ＡＳＡ展」開催。二十五日には「本日は本日限り」を上演。また「言葉とイメージ」のテーマで公開座談会。司会は針生一郎、出席者は飯村隆彦、入谷敏男、鍵谷幸信、上村弘雄、刀根康尚、新国誠一、藤富保男。

十一月、アムステルダム市立美術館で開催された「?・コンクリートポエトリィ」(Sound Texts/ ?Concrete Poetry/ Visual Texts) 展に出品。十六ヵ国一四八作家が参加、日本からは十一名が参加した。

一九七一年（昭和四十六）　**四十六歳**

三月、日本コロムビアから十七センチレコード『空間主義の音声詩』をリリースする。ピエール・ガルニエ、イルゼ・ガルニエ、新国誠一による音声詩と音素詩。

七月、「ＡＳＡ」五号が発行される。十二日から十七日、銀座の地球堂ギャラリーで「１９７１・ＡＳＡ展」（空間主義・コンクリートポエトリイ展）開催。

一九七二年（昭和四十七）　**四十七歳**

ハリイ・ゲスト夫妻と加島祥造の共編共訳による『戦後日本詩』（Post-War Japanese Poetry）がペンギンブックスから出版される。詩人四十一人のアンソロジー、うち八人をＡＳＡの関係者が占める。

十月、洗足区民センターでＡＳＡ主催の講演とシンポジウム「コンクリート詩学会議」を開催、高橋昭八郎を招待する。

一九七三年（昭和四十八）　**四十八歳**

四月、「ＡＳＡ」六号が発行される。

九月、地球堂ギャラリーで「１９７３・ＡＳＡ展」開催。

十一月、「ＡＳＡ宣言書：１９７３」を発表。

一九七四年（昭和四十九）　**四十九歳**

七月二十一日、那珂太郎と対談。

九月から十月、ロンドンのホワイトチャペル・アートギャラリーで個展（SEIICHI NIIKUNI: Visual poems）が開催される。平面作品二十七点、音声詩十一点、コロムビアのレコードを出品。

十二月、「ＡＳＡ」七号が発行される。

一九七五年（昭和五十）　**五十歳**

七月、「１９７５・コンクリート・ポエトリィ展」開催。

一九七六年（昭和五十一）　**五十一歳**

イタリア文化会館で開かれた「日・伊の作家による《新しい詩の試み》ことば・イメージ・オブジェ」展に出品。

十二月、来日したジュリアン・ブレーンと会う。

一九七七年（昭和五十二）

五月、来日したアラン・アリアス＝ミッソンと会う。

八月二十三日、東京都大田区雪谷の自宅で急死、享年五十一歳。墓所は仙台市内の無量山超光寺。

（金澤一志編）

＊本書の構成について、全篇を収録した『０音』は原本の掲載順にしたがった。その他はおおむね発表年順とした。なお巻頭から「乗り遅れた汽車のなんと美しいことか」までの初出はガリ版刷りである。

現代詩文庫　243　新国誠一詩集

発行日　・　二〇一九年八月十五日
著　者　・　新国誠一　
発行者　・　小田啓之
発行所　・　株式会社思潮社
〒162-0842　東京都新宿区市谷砂土原町三—十五
電話〇三（三二六七）八一五三（営業）八一四一（編集）八一四二（ＦＡＸ）
印刷所　・　三報社印刷株式会社
製本所　・　三報社印刷株式会社
用　紙　・　王子エフテックス株式会社
ISBN978-4-7837-1021-9　C0392

現代詩文庫

新刊

201 蜂飼耳詩集
202 岸田将幸詩集
203 中尾太一詩集
204 日和聡子詩集
205 田原詩集
206 三角みづ紀詩集
207 尾花仙朔詩集
208 田中佐知詩集
209 続続・高橋睦郎詩集
210 続続・新川和江詩集
211 続・岩田宏詩集
212 江代充詩集
213 貞久秀紀詩集
214 中上哲夫詩集
215 三井葉子詩集
216 平岡敏夫詩集
217 森崎和江詩集
218 境節詩集
219 田中郁子詩集
220 鈴木ユリイカ詩集
221 國峰照子詩集
222 小笠原鳥類詩集
223 水田宗子詩集
224 続・高良留美子詩集
225 有馬敲詩集
226 國井克彦詩集
227 暮尾淳詩集
228 山口眞理子詩集
229 田野倉康一詩集
230 広瀬大志詩集
231 近藤洋太詩集
232 渡辺玄英詩集
233 米屋猛詩集
234 原田勇男詩集
235 齋藤恵美子詩集
236 続・財部鳥子詩集
237 中田敬二詩集
238 三井喬子詩集
239 たかとう匡子詩集
240 和合亮一詩集
241 続・和合亮一詩集
242 続続・荒川洋治詩集